LA FEMME

AU COLLIER

DE VELOURS

PAR

ALEXANDRE DUMAS.

2

PARIS
ALEXANDRE CADOT, EDITEUR,
52, RUE DE LA HARPE.

1850

LA FEMME AU COLLIER DE VELOURS.

Ouvrages d'Alexandre Dumas fils

Tristan le Roux.	3 vol.
La Dame aux camélias.	2 vol.
Aventures de quatre femmes	6 vol.
Le docteur Servans	2 vol.
Le Roman d'une femme	4 vol.
Césarine	1 vol.

Sous presse.

Diane de Lys.
Les Amours véritables.

Ouvrages de Xavier de Montépin.

Le Loup noir	2 vol.
Confessions d'un Bohême	5 vol.
Les Chevaliers du Lansquenet	10 vol.
Les Viveurs d'autrefois	4 vol.
Pivoine	2 vol.
Les Amours d'un Fou	4 vol.

Sous presse.

Le Vicomte Raphaël.
Mignonne.

Ouvrages d'Eugène Sue.

Les Enfants de l'Amour.	4 vol.
Les Sept Péchés Capitaux.	16 vol.

Sous presse :

L'Institutrice.
L'Avarice.
La Gourmandise.

Impr. de E. Dépée, à Sceaux (Seine).

LA FEMME

AU COLLIER

DE VELOURS

PAR

ALEXANDRE DUMAS.

2

PARIS

ALEXANDRE CADOT, EDITEUR,

32, RUE DE LA HARPE.

1850

I

Comment les musées et les bibliothèques étaient fermés, mais
comment la place de la Révolution était ouverte.

La chambre qui pendant quinze jours
devait servir de Paradis terrestre à Hoffmann renfermait un lit, nous le connais-
sons, une table et deux chaises.

Elle avait une cheminée ornée de deux
vases de verre bleu meublés de fleurs

II.   1

artificielles. Un génie de la Liberté en sucre s'épanouissait sous une cloche de cristal dans laquelle se reflétaient son drapeau tricolore et son bonnet rouge.

Un chandelier en cuivre, une encoignure en vieux bois de rose, une tapisserie du XIIe siècle pour rideau, voilà tout l'ameublement tel qu'il apparut aux premiers rayons du jour.

Cette tapisserie représentait Orphéus jouant du violon pour reconquérir Euridice, et le violon rappela tout naturellement Zacharias Werner a la mémoire d'Hoffmann.

— Cher ami, pensa notre voyageur, il

est à Paris, moi aussi ; nous sommes ensemble et je le verrai aujourd'hui ou demain au plus tard.

Par où vais-je commencer ? Comment vais-je m'y prendre pour ne pas perdre le temps du bon Dieu, et pour tout voir en France ?

Depuis plusieurs jours je ne vois que des tableaux vivants très laids, allons au salon du Louvre, de l'ex-tyran, je verrai tous les beaux tableaux qu'il avait, les Rubens, les Poussin ; allons vite.

Il se leva pour examiner, en attendant, le tableau panoramique de son quartier.

Un ciel gris, terne ; de la boue noire sous des arbres blancs, une population affairée, avide de courir, et un certain bruit, pareil au murmure de l'eau qui coule. Voilà tout ce qu'il découvrit.

C'était peu fleuri. Hoffmann ferma sa fenêtre, déjeûna, et sortit, pour voir d'abord l'ami Zacharias Werner.

Mais, sur le point de prendre une direction, il se rappela que Werner n'avait jamais donné son adresse, sans laquelle il était difficile de le rencontrer.

Ce ne fut pas un mince désappointement pour Hoffmann.

Mais bientôt :

— Fou que je suis, pensa-t-il : ce que j'aime, Zacharias l'aime aussi. J'ai envie de voir de la peinture, il aura eu envie de voir de la peinture. Je trouverai lui ou sa trace dans le Louvre. Allons au Louvre.

Le Louvre, on le voyait du parapet. Hoffmann se dirigea droit vers le monument.

Mais il eut la douleur d'apprendre à la porte que les Français depuis qu'ils étaient libres, ne s'amollissaient pas à voir de la peinture d'esclaves, et que, en admettant, ce qui n'est pas probable, que la commune de Paris, n'eût pas déjà rôti

toutes les croûtes, pour allumer les fon-
deries d'armes de guerre, on se garde-
rait bien de ne pas nourrir de toute
cette huile, des rats destinés à la nour-
riture des patriotes, du jour où les Prus-
siens viendraient assiéger Paris.

Hoffmann sentit que la sueur lui montait au front; l'homme qui lui parlait
ainsi avait une certaine façon de parler
qui sentait son importance. On saluait
fort ce beau diseur.

Hoffmann apprit d'un des assistants
qu'il avait eu l'honneur de parler au
citoyen Simon, gouverneur *des enfants*

de France, et conservateur des musées royaux.

— Je ne verrai point de tableaux, dit-il en soupirant, ah! c'est dommage! mais je m'en irai à la bibliothèque du feu roi, et à défaut de peinture, j'y verrai des estampes, des médailles, et des manuscrits; j'y verrai le tombeau de Childéric, père de Clovis, et les globes céleste et terrestre du père Coronelli.

Hoffmann eut la douleur, en arrivant, d'apprendre que la nation française, regardant comme une source de corruption et d'incivisme la science et la littérature, avait fermé toutes les officines où conspiraient de prétendus savants et de prétendus littérateurs, le tout par mesure d'humanité, pour s'épargner la peine de guillotiner ces pauvres diables. D'ailleurs, même sous le tyran, la bibliothèque n'était ouverte que deux fois la semaine.

Hoffmann dut se retirer sans avoir rien vu; il dut même oublier de demander des nouvelles de son ami Zacharias.

Mais comme il était persévérant, il s'obstina et voulut voir le Musée Sainte-Avoie.

On lui apprit alors que le propriétaire avait été guillotiné l'avant-veille.

Il s'en alla jusqn'au Luxembourg; mais ce palais était devenu prison.

A bout de forces et de courage, il reprit le chemin de son hôtel, pour reposer un peu ses jambes, rêver à Antonia, à Zacharias, et fumer dans la solitude une bonne pipe de deux heures.

Mais, ò prodige ! ce quai aux fleurs, si calme, si désert, était noir d'une multitude de gens rassemblés, qui se démenaient et vociféraient d'une façon inharmonieuse.

Hoffmann, qui n'était pas grand, ne voyait rien par-dessus les épaules de tous ces gens-là; il se hâta de percer la

foule avec ses coudes pointus et de rentrer dans sa chambre.

Il se mit à sa fenêtre.

Tous les regards se tournèrent aussitôt vers lui, et il en fut embarrassé un
moment, car il remarqua combien peu
de fenêtres étaient ouvertes. Cependant
la curiosité des assistants se porta bientôt sur un autre point que la fenêtre
d'Hoffmann, et le jeune homme fit comme les curieux, il regarda le porche d'un
grand bâtiment noir à toits aigus, dont
le clocheton surmontait une grosse tour
carrée.

Hoffmann appela l'hôtesse.

— Citoyenne, dit-il, qu'est-ce que cet édifice? je vous prie.

— Le Palais, Citoyen.

— Et que fait-on au Palais?

— Au Palais-de-Justice, citoyen? on y juge.

— Je croyais qu'il n'y avait plus de tribunaux.

— Si fait, il y a le tribunal révolutionnaire.

— Ah! c'est vrai... et tous ces braves gens?

— Attendent l'arrivée des charrettes.

— Comment des charrettes ? je ne comprends pas bien, excusez-moi, je suis étranger.

— Citoyen, les charrettes, c'est comme qui dirait des corbillards pour les gens qui vont mourir.

— Ah! mon Dieu!

— Oui, le matin arrivent les prisonniers qui viennent se faire juger au tribunal révolutionnaire.

— Bien.

— A quatre heures tous les prisonniers sont jugés, on les emballe dans les

charrettes que le citoyen Fouquier a re-
quises à cet effet.

— Qu'est-ce que cela, le citoyen Fouquier?

— L'accusateur public.

— Fort bien, et alors?

— Et alors, les charrettes s'en vont au
petit trot à la place de la Révolution, où
la guillotine est en permanence.

— En vérité!

— Quoi! vous êtes sorti, et vous n'êtes
pas allé voir la guillotine; c'est la première chose que les étrangers visitent

en arrivant; il paraît que nous autres Français nous avons seuls des guillotines.

— Je vous en fais mon compliment, Madame.

— Dites, citoyenne.

— Pardon.

— Tenez, voici les charrettes qui arrivent...

— Vous vous retirez, citoyenne ?

— Oui, je n'aime *plus* voir cela.

Et l'hôtesse se retira.

Hoffmann la prit doucement par le bras.

— Excusez-moi si je vous fais une question, dit-il.

— Faites.

— Pourquoi dites-vous que vous n'aimez *plus* voir cela? j'aurais dit, moi, je n'aime *pas*.

— Voici l'histoire Citoyen. Dans le commencement on guillotinait des aristocrates très méchants à ce qu'il paraît. Ces gens-là portaient la tête si droite, ils avaient tous l'air si insolent, si provocateur, que la pitié ne venait pas facile-

ment mouiller nos yeux. On regardait
donc volontiers. C'était un beau spectacle que cette lutte des courageux en-
nemis de la nation contre la mort. Mais
voilà qu'un jour j'ai vu monter sur la
charrette un vieillard dont la tête battait
les ridelles de la voiture. C'était douloureux. Le lendemain je vis des religieuses.
Un autre jour je vis un enfant de qua-
torze ans, et enfin je vis une jeune fille
dans une charrette, sa mère était dans
l'autre, et ces deux pauvres femmes s'en-
voyaient des baisers sans se dire une
parole. Elles étaient si pâles, elles
avaient le regard si sombre, un si fatal
sourire aux lèvres, ces doigts qui re-

muaient seuls pour pétrir le baiser sur leur bouche, étaient si tremblants et si nacrés, que jamais je n'oublierai cet horrible spectacle et que j'ai juré de ne plus m'exposer à le voir jamais.

— Ah! ah! dit Hoffmann en s'éloignant de la fenêtre, c'est comme cela?

— Oui, citoyen. Eh bien! que faites-vous?

— Je ferme la fenêtre, Citoyenne.

— Pourquoi faire?

— Pour ne pas voir.

— Vous! un homme!

— Voyez-vous, Citoyenne, je suis venu à Paris pour étudier les arts et respirer un air libre. Eh bien! si par malheur, je voyais un de ces spectacles dont vous venez de me parler, si je voyais une jeune fille ou une femme traînée à la mort en regrettant la vie, Citoyenne, je penserais à ma fiancée, que j'aime, et qui, peut-être... Non, Citoyenne, je ne resterai pas plus longtemps dans cette chambre; en avez-vous une sur les derrières de la maison?

— Chut! malheureux, vous parlez trop haut; si mes officieux vous entendent...

— Vos officieux ! qu'est-ce que cela,
officieux ?

— C'est un synonyme républicain de
valet.

— Eh bien ! si vos valets m'entendent,
qu'arrivera-t-il ?

— Il arrivera que, dans trois ou quatre
jours, je pourrais vous voir de cette fenêtre sur une des charrettes à quatre
heures de l'après-midi.

Cela dit avec mystère, la bonne dame
descendit précipitamment, et Hoffmann
l'imita.

Il se glissa hors de la maison, résolu

à tout pour échapper au spectacle popu-
laire.

Quand il fut au coin du quai, le sabre
des gendarmes brilla, un mouvement se
fit dans la foule, les masses hurlèrent et
se prirent à courir.

Hoffmann à toutes jambes gagna la
rue Saint-Denis, dans laquelle il s'en-
fonça comme un fou; il fit, pareil au
chevreuil, plusieurs voltes dans différentes petites rues et disparut dans ce
dédale de ruelles qui s'embrouillent entre le quai de la Ferraille et les halles.

Il respira enfin en se voyant rue de la
Ferronnerie, où, avec la sagacité du

poëte et du peintre il devina la place cé-
lèbre par l'assassinat de Henri IV.

Puis, toujours marchant, toujours
cherchant, il arriva au milieu de la rue
Saint-Honoré. Partout les boutiques se
fermaient sur son passage. Hoffmann
admirait la tranquillité de ce quartier ;
les boutiques ne se fermaient pas seules,
les fenêtres de certaines maisons se cal-
feutraient avec mesure, comme si elles
eussent reçu un signal.

Cette manœuvre fut bientôt expliquée
à Hoffmann ; il vit les fiacres se détourner et prendre les rues latérales ; il entendit un galop de chevaux et reconnut

des gendarmes ; puis derrière eux, dans
la première brume du soir, il entrevit
un pêle-mêle affreux de haillons, de bras
levés, de piques brandies et d'yeux flam-
boyants.

Au-dessus de tout cela, une charrette.

De ce tourbillon qui venait à lui sans
qu'il pût se cacher ou s'enfuir, Hoffmann
entendit sortir des cris tellement aigus,
tellement lamentables, que rien de si
affreux n'avait jusqu'à ce soir-là frappé
ses oreilles.

Sur la charrette était une femme vêtue
de blanc. Ces cris s'hexalaient des lèvres,

de l'âme, de tout le corps soulevé de cette femme.

Hoffmann sentit ses jambes lui manquer. Ces hurlements avaient rompu les faisceaux nerveux, il tomba sur une borne, la tête adossée à des contrevents de boutique mal joints encore, tant la fermeture de cette boutique avait été précipitée.

La charrette arriva au milieu de son escorte de bandits et de femmes hideuses, ses satellites ordinaires ; mais, chose étrange, toute cette lie ne bouillonnait pas, tous ces reptiles ne croassaient pas, la victime seule se tordait entre les bras

de deux hommes et criait secours au ciel,
à la terre, aux hommes et aux choses.

Hoffmann entendit soudain dans son
oreille, par la fente du volet, ces mots
prononcés tristement par une voix
d'homme jeune :

— Pauvre Du Barry ! te voilà donc !

— Madame Du Barry ! s'écria Hoffmann, c'est elle, c'est elle qui passe là
sur cette charrette !

— Oui, monsieur, répondit la voix
basse et dolente à l'oreille du voyageur,
et, de si près, qu'à travers les planches
il sentait le souffle chaud de son interlo-
cuteur.

La pauvre Du Barry se tenait droite et cramponnée au col mouvant de la charrette ; ses cheveux châtains, l'orgueil de sa beauté , avaient été coupés sur la nuque, mais retombaient sur les tempes en longues mèches trempées de sueur ; belle avec ses grands yeux hagards, avec sa petite bouche , trop petite pour les cris affreux qu'elle poussait ; la malheureuse femme secouait de temps en temps la tête par un mouvement convulsif, pour dégager son visage des cheveux qui le masquaient.

Quand elle passa devant la borne où Hoffmann s'était affaissé, elle cria : Au

secours! sauvez-moi! je n'ai pas fait de
mal! au secours ! et faillit renverser
l'aide du bourreau qui la soutenait.

Ce cri, au secours! elle ne cessa de
le pousser au milieu du plus profond
silence des assistants. Ces furies, accou-
tumées à insulter les braves condamnés,
se sentaient remuées par l'irrésistible
élan de l'épouvante d'une femme ; elles
sentaient que leurs vociférations n'eussent pas réussi à couvrir leurs gémisse-
ments de cette fièvre qui touchait à la
folie et atteignait le sublime du terrible.

Hoffmann se leva, ne sentant plus son
cœur dans sa poitrine ; il se mit à courir

après la charrette comme les autres,
ombre nouvelle ajoutée à cette proces-
sion de spectres qui faisaient la dernière
escorte d'une favorite royale.

Madame Du Barry le voyant, cria encore :

— La vie ! la vie !... je donne tout mon
bien à la nation ! Monsieur !... sauvez-
moi !

— Oh ! pensa le jeune homme, elle
m'a parlé ! pauvre femme, dont les regards ont valu si cher, dont les paroles
n'avaient pas de prix ; elle m'a parlé !

Il s'arrêta. La charrette venait d'atteindre la place de la Révolution. Dans

l'ombre épaissie par une pluie froide,
Hoffmann ne distinguait plus que deux
silhouettes : l'une blanche, c'était celle
de la victime, l'autre rouge, c'était l'é-
chafaud.

Il vit les bourreaux traîner la robe
blanche sur l'escalier. Il vit cette forme
tourmentée se cambrer pour la résistance, puis soudain, au milieu de ses
horribles cris, la pauvre femme perdit
l'équilibre et tomba sur la bascule.

Hoffmann l'entendit crier : grâce, monsieur le bourreau, encore une minute,
monsieur le bourreau... Et ce fut tout, le
couteau tomba, lançant un éclair fauve.

Hoffmann s'en alla rouler dans le fossé qui borde la place.

C'était un beau tableau pour un artiste qui venait en France chercher des impressions et des idées.

Dieu venait de lui montrer le trop cruel châtiment de celle qui avait contribué à perdre la monarchie.

Cette lâche mort de la Du Barry lui parut l'absolution de la pauvre femme. Elle n'avait donc jamais eu d'orgueil, puisqu'elle ne savait même pas mourir ! Savoir mourir, hélas ! en ce temps-là, ce fut la vertu suprême de ceux qui n'avaient jamais connu le vice.

Hoffmann réfléchit ce jour-là que s'il était venu en France pour voir des choses extraordinaires, son voyage n'était pas manqué.

Alors, un peu consolé par la philosophie de l'histoire ,— il reste le théâtre, se dit-il, allons au théâtre. Je sais bien qu'après l'actrice que je viens de voir, celles de l'opéra ou de la tragédie ne me feront pas d'effet, mais je serai indulgent. Il ne faut pas trop demander à des femmes qui ne meurent que pour rire.

Seulement, je vais tâcher de bien reconnaître cette place pour n'y plus jamais passer de ma vie.

II

Le Jugement de Pâris.

Hoffman était l'homme des transitions brusques. Après la place de la Révolution et le peuple tumultueux groupé autour d'un échafaud, le ciel sombre et le sang, il lui fallait l'éclat des lustres, la foule joyeuse, les fleurs, la vie enfin. Il n'était pas bien sûr que le spectacle au-

quel il avait assisté s'effacerait de sa pensée par ce moyen; mais il voulait au
moins donner une distraction à ses yeux,
et se prouver qu'il y avait encore dans
le monde des gens qui vivaient et qui
riaient.

Il s'achemina donc vers l'Opéra; mais
il y arriva sans savoir comment il y était
arrivé. Sa détermination avait marché
devant lui, et il l'avait suivie comme un
aveugle suit son chien, tandis que son
esprit voyageait dans un chemin op-
posé à travers des impressions toutes
contraires.

Comme sur la place de la Révolution

il y avait foule sur le boulevard où se trouvait, à cette époque, le théâtre de l'Opéra, là où est aujourd'hui le théâtre de la Porte-Saint-Martin.

Hoffmann s'arrêta devant cette foule et regarda l'affiche.

On jouait le *Jugement de Pâris*, ballet-pantomime en trois actes, de M. Gardel jeune, fils du maître de danse de Marie-Antoinette, et qui devint plus tard maître des ballets de l'empereur.

— Le *Jugement de Pâris*, murmura le poète en ragardant fixement l'affiche comme pour se graver dans l'esprit, à l'aide des yeux et de l'ouïe, la significa-

II   3

tion de ces trois mots, *le Jugement de Paris !*

Et il avait beau répéter les syllabes qui composaient le titre du ballet, elles lui paraissaient vides de sens, tant sa pensée avait de peine à rejeter les souvenirs terribles dont elle était pleine, pour donner place à l'œuvre empruntée par M. Gardel jeune à l'*Iliade* d'Homère.

Quelle étrange époque que cette époque, où, dans une même journée, on pouvait voir condamner le matin, voir exécuter à quatre heures, voir danser le soir, et où l'on courait la chance d'être

arrêté soi-même en revenant de toutes
ces émotions !

Hoffmann comprit que, si un autre que
lui ne lui disait pas ce qu'on jouait, il ne
parviendrait pas à le savoir, et que peut-
être il deviendrait fou devant cette affiche.

Il s'approcha donc d'un gros monsieur
qui faisait queue avec sa femme , car de
tout temps les gros hommes ont eu la
manie de faire queue avec leurs femmes,
et il lui dit :

— Monsieur, que joue-t-on ce soir?

— Vous le voyez bien sur l'affiche,

Monsieur, répondit le gros homme ; on joue le *Jugement de Pâris*.

— Le jugement de Pâris... répéta Hoff-mann. Ah ! oui , le jugement de Pâris, je sais ce que c'est.

Le gros monsieur regarda cet étrange questionneur et leva les épaules avec l'air du plus profond mépris pour ce jeune homme qui , dans ce temps tout mythologique , avait pu oublier un in-stant ce que c'était que le jugement de Pâris.

— Voulez-vous l'explication du ballet, citoyen ? dit un marchand de livrets en s'approchant d'Hoffmann.

— Oui, donnez !

C'était pour notre héros une preuve de
plus qu'il allait au spectacle, et il en
avait besoin.

Il ouvrit le livret et jeta les yeux dessus.

Ce livret était coquettement imprimé
sur beau papier blanc, et enrichi d'un
avant-propos de l'auteur.

— Quelle chose merveilleuse que
l'homme, pensa Hoffmann en regardant
les quelques lignes de cet avant-propos,
lignes qu'il n'avait pas encore lues, mais
qu'il allait lire, et comme, tout en faisant
partie de la masse commune des hom-

mes, il marche seul, égoïste et indiffé-
rent, dans le chemin de ses intérêts et de
ses ambitions ! Ainsi, voici un homme,
M.Gardel jeune, qui a fait représenter ce
ballet le 5 mars 1793, c'est-à-dire six semaines après la mort du roi, c'est-à-dire
six semaines après un des plus grands
évènements du monde ; eh bien ! le jour
où ce ballet a été représenté, il a eu des
émotions particulières dans les émotions générales ; le cœur lui a battu
quand on a applaudi ; et si, en ce
moment, on était venu lui parler de cet
évènement qui ébranlait encore le monde
et qu'on lui eût nommé le roi Louis XVI,
il se fût écrié : Louis XVI, de qui vou-

lez-vous parler ? Puis, comme si, à partir
du jour où il avait livré son ballet au public, la terre entière n'eût plus dû être
préoccupée que de cet évènement cho-
régraphique, il a fait un avant-propos à
l'explication de sa pantomime. Eh bien !
lisons-le, son avant-propos, et voyons
si, en cachant la date du jour où il a été
écrit, j'y retrouverai la trace des choses
au milieu desquelles il venait au jour.

Hoffmann s'accouda à la balustrade du
théâtre, et voici ce qu'il lut.

« J'ai toujours remarqué dans les ballets d'action que les effets de décorations et les divertissements variés et

agréables étaient ce qui attirait le plus la
foule et les vifs applaudissements. »

— Il faut avouer que voilà un homme
qui a fait là une remarque curieuse,
pensa Hoffmann, sans pouvoir s'empêcher de sourire à la lecture de cette première naïveté. Comment ! il a remarqué
que ce qui attire dans les ballets, ce
sont les effets de décorations et les divertissements variés et agréables.Comme
cela est poli pour MM. Haydn, Pleyel et
Mehul, qui ont fait la musique du *Jugement de Pâris !* Continuons.

« D'après cette remarque, j'ai cherché
un sujet qui pût se plier à faire valoir les

grands talents que l'Opéra de Paris seul possède en danse, et qui me permit d'étendre les idées que le hasard pourrait m'offrir. L'histoire poétique est le terrain inépuisable que le maître de ballet doit cultiver ; ce terrain n'est pas sans épines ; mais il faut savoir les écarter pour cueillir la rose. »

— Ah ! par exemple ! voilà une phrase à mettre dans un cadre d'or, s'écria Hoffmann. Il n'y a qu'en France qu'on écrive de ces choses-là ! et il se mit à regarder le livret, s'apprêtant à continuer cette intéressante lecture qui commençait à l'égayer ; mais son esprit, détourné de sa véritable préoccupation, y revenait peu à peu ; les caractères se brouillèrent sous les yeux du rêveur, il laissa tomber la main qui tenait *le Jugement de Pâris*, fixa les yeux sur la terre, et murmura :

— Pauvre femme !

C'était l'ombre de madame Du Barry qui passait encore une fois dans le souvenir du jeune homme.

Alors il secoua la tête comme pour en chasser violemment les sombres réalités, et mettant dans sa poche le livret de M. Gardel jeune, il prit une place et entra dans le théâtre.

La salle était comble et ruisselante de fleurs, de pierreries, de soie et d'épaules nues. Un immense bourdonnement, bourdonnement de femmes parfumées, de propos frivoles, semblable au bruit que feraient un millier de mouches volant dans une boîte de papier, et plein de ces mots qui laissent dans l'esprit la même trace que les ailes des papillons aux doigts des enfants qui les prennent et qui, deux minutes après, ne sachant plus qu'en faire, lèvent les mains en l'air et leur rendent la liberté.

Hoffmann prit une place à l'orchestre, et dominé par l'atmosphère ardente de

la salle, il parvint à croire un instant
qu'il y était depuis le matin, et que ce
sombre décès que regardait sans cesse sa
pensée était un cauchemar et non pas
une réalité. Alors sa mémoire qui,
comme la mémoire de tous les hommes.
avait deux verres réflecteurs, l'un dans
le cœur, l'autre dans l'esprit, se tourna
insensiblement, et par la gradation naturelle des impressions joyeuses, vers cette
douce jeune fille qu'il avait laissée là-bas
et dont il sentait le médaillon battre,
comme un autre cœur, contre les battements du sien. Il regarda toutes les femmes qui l'entouraient, toutes ces blanches épaules, tous ces cheveux blonds et

bruns, tous ces bras souples, toutes ces mains jouant avec les branches d'un éventail ou rajustant coquettement les fleurs d'une coiffure, et il se sourit à lui-même en prononçant le nom d'Antonia, comme si ce nom eût suffi pour faire disparaître toute comparaison entre celle qui le portait et les femmes qui se trouvaient là, et pour le transporter dans un monde de souvenirs mille fois plus charmants que toutes ces réa-lités, si belles qu'elles fussent. Puis, comme si ce n'eût point été assez, comme s'il eût eu à craindre que le por-trait qu'à travers la distance lui retraçait sa pensée, ne s'effaçât dans l'idéal par où

il lui apparaissait, Hoffmann glissa doucement la main dans sa poitrine, y saisit
le médaillon comme une fille craintive
saisit un oiseau dans un nid, et après
s'être assuré que nul ne pouvait le voir,
et ternir d'un regard la douce image qu'il
prenait dans sa main, il amena doucement le portrait de la jeune fille, le
monta à la hauteur de ses yeux, l'adora
un instant du regard, puis, après l'avoir
posé pieusement sur ses lèvres, il le cacha de nouveau tout près de son cœur,
sans que personne pût deviner la joie
que venait d'avoir, en faisant le mouvement d'un homme qui met la main dans

son gilet, ce jeune spectateur aux cheveux noirs et au teint pâle.

En ce moment on donnait le signal, et
les premières notes de l'ouverture commencèrent à courir gaîment dans l'orchestre, comme des pinsons querelleurs
dans un bosquet.

Hoffmann s'assit, et tâchant de rede-
venir un homme comme tout le monde,
c'est-à-dire un spectateur attentif, il ouvrit ses deux oreilles à la musique.

Mais au bout de cinq minutes, il n'é-
coutait plus et ne voulait plus entendre :
ce n'était pas avec cette musique-là qu'on
fixait l'attention d'Hoffmann, d'autant

plus qu'il l'entendait deux fois, vu qu'un
voisin, habitué sans doute de l'Opéra,
et admirateur de MM. Haydn, Pleyel et
Mehul, accompagnait d'une petite voix
en demi-ton de fausset, et avec une exac-
titude parfaite, les différentes mélodies
de ces messieurs. Le dilettante joignait
à cet accompagnement de la bouche un
autre accompagnement des doigts, en
frappant en mesure, avec une charmante dextérité, ses ongles longs et effi-
lés sur la tabatière qu'il tenait dans sa
main gauche.

Hoffmann, avec cette habitude de curiosité qui est naturellement la première

qualité de tous les observateurs, se mit à examiner ce personnage qui se faisait un orchestre particulier greffé sur l'orchestre général.

En vérité, le personnage méritait l'examen.

Figurez-vous un petit homme portant habit, gilet et culotte noirs, chemise et cravate blanches, mais d'un blanc plus que blanc, presque aussi fatiguant pour les yeux que le reflet argenté de la neige. Mettez sur la moitié des mains de ce petit homme, mains maigres, transparentes comme la cire et se détachant sur la culotte noire comme si elles eussent été

ıı.   4

intérieurement éclairées, mettez des
manchettes de fine batiste plissées avec
le plus grand soin et souples comme des
feuilles de lys, et vous aurez l'ensemble
du corps. Regardez la tête, maintenant,
et regardez-la comme le faisait Hoffmann, c'est-à-dire avec une curiosité
mêlée d'étonnement. Figurez-vous un
visage de forme ovale, au front poli
comme l'ivoire, aux cheveux rares et
fauves ayant poussé de distance en distance, comme des touffes de buissons
dans une plaine. Supprimez les sourcils,
et, au-dessous de la place où ils de-
vraient être, faites deux trous dans lesquels vous mettrez un œil froid comme

du verre, presque toujours fixe, et qu'on
croirait d'autant plus volontiers inanimé
qu'on chercherait vainement en eux le
point lumineux que Dieu a mis dans
l'œil comme une étincelle du foyer de la
vie. Ces yeux sont bleus comme le sa-
phir, sans douceur, sans dureté. Ils
voient, cela est certain, mais ils ne re-
gardent pas. Un nez sec, mince, long et
pointu, une bouche petite, aux lèvres
entr'ouvertes sur des dents non pas
blanches, mais de la même couleur ci-
reuse que la peau, comme si elles eussent reçu une légère infiltration de sang
pâle et s'en fussent colorées, un menton
pointu, rasé avec le plus grand soin, des

pommettes saillantes, des joues creusées
chacune par une cavité à y mettre une
noix , tels étaient les traits caractéristi-
ques du spectateur voisin d'Hoffmann.

Cet homme pouvait aussi bien avoir
cinquante ou trente ans. Il en eût eu
quatre-vingts que la chose n'eût pas été
extraordinaire ; il n'en eût eu que douze
que ce n'eût pas encore été bien invrai-
semblable. Il semblait qu'il eût dû venir
au monde tel qu'il était. Il n'avait sans
doute jamais été plus jeune, et il était
possible qu'il parût plus vieux.

Il était probable qu'en touchant sa
peau on eût éprouvé la même sensation

de froid qu'en touchant la peau d'un serpent ou d'un mort.

Mais, par exemple, il aimait bien la
musique.

De temps à autre sa bouche s'écartait
un peu plus sous une pression de volupté
mélophile, et trois petits plis, identique-
ment les mêmes de chaque côté, décri-
vaient un demi-cercle à l'extrémité de
ses lèvres, et y restaient imprimés pendant cinq minutes, puis ils s'effaçaient
graduellement comme les ronds que fait
une pierre qui tombe dans l'eau et qui
vont s'élargissant toujours jusqu'à ce

qu'ils se confondent tout à fait avec la surface.

Hoffmann ne se lassait pas de regarder cet homme qui se sentait examiné, mais qui n'en bougeait pas plus pour cela. Cette immobilité était telle que notre poète, qui avait déjà, à cette époque, le germe de l'imagination qui devait enfanter *Coppelius*, appuya ses deux mains sur le dossier de la stalle qui était devant lui, pencha son corps en avant, et, tournant la tête à droite, essaya de voir de face celui qu'il n'avait encore vu que de profil.

Le petit homme regarda Hoffmann

sans étonnement, lui sourit, lui fit un petit salut amical et continua de fixer les
yeux sur le même point, point invisible
pour tout autre que pour lui, et d'accompagner l'orchestre.

— C'est étrange, fit Hoffmann en se
rasseyant, j'aurais parié qu'il ne vivait
pas.

Et comme si, quoiqu'il eût vu remuer
la tête de son voisin, le jeune homme
n'eût pas été bien convaincu que le reste
du corps était animé, il jeta de nouveau
les yeux sur les mains de ce personnage.
Une chose le frappa alors, c'est que sur
la tabatière avec laquelle jouaient ces

mains, tabatière d'ébène, brillait une petite tête de mort en diamant.

Tout, ce jour-là, devait prendre des
teintes fantastiques aux yeux d'Hoffmann ; mais il était bien résolu à en venir à ses fins, et se penchant en bas
comme il s'était penché en avant, il colla
ses yeux sur cette tabatière au point que
ses lèvres touchaient presque les mains
de celui qui la tenait.

L'homme ainsi examiné, voyant que
sa tabatière était d'un si grand intérêt
pour son voisin, la lui passa silencieusement, afin qu'il pût la regarder tout à
son aise.

Hoffmann la prit, la tourna et la retourna vingt fois, puis il l'ouvrit.

Il y avait du tabac dedans !

III

Arsène.

Après avoir examiné la tabatière avec
la plus grande attention, Hoffmann la
rendit à son propriétaire en le remer-
ciant d'un signe silencieux de la tête, auquel le propriétaire répondit par un signe
aussi courtois, mais s'il est possible, plus
silencieux encore.

Voyons maintenant s'il parle, se demanda Hoffmann, et se tournant vers son
voisin, il lui dit :

— Je vous prie d'excuser mon indis-
crétion, Monsieur, mais cette petite tête
de mort en diamant qui orne votre tabatière, m'avait étonné tout d'abord,
car c'est un ornement rare sur une boîte
à tabac.

— En effet, je crois que c'est la seule
qu'on ait faite, répliqua l'inconnu d'une
voix métallique, et dont les sons imi-
taient assez le bruit de pièces d'argent
qu'on empile les unes sur les autres ;

elle me vient d'héritiers reconnaissants
dont j'avais soigné le père.

— Vous êtes médecin ?

— Oui, Monsieur.

— Et vous aviez guéri le père de ces
jeunes gens?

— Au contraire, Monsieur, nous avons
eu le malheur de le perdre.

— Je m'explique le mot : reconnais-
sance.

Le médecin se mit à rire.

Ses réponses ne l'empêchaient pas
de fredonner toujours, et tout en fredon-
nant :

— Oui, reprit-il, je crois bien que j'ai tué ce vieillard.

— Comment, tué ?

— J'ai fait sur lui l'essai d'un remède nouveau. Oh! mon Dieu! au bout d'une heure, il était mort. C'est vraiment fort drôle.

Et il se remit à chantonner.

— Vous paraissez aimer la musique, Monsieur? demanda Hoffmann.

— Celle-ci surtout; oui, Monsieur.

— Diable! pensa Hoffmann, voilà un homme qui se trompe en musique comme en médecine.

En ce moment on leva la toile.

L'étrange docteur huma une prise de tabac, et s'adossa le plus commodément possible dans sa stalle comme un homme qui ne veut rien perdre du spectacle auquel il va assister.

Cependant, il dit à Hoffmann comme par réflexion :

— Vous êtes Allemand, Monsieur?

— En effet.

— J'ai reconnu votre pays à votre accent. Beau pays, vilain accent.

Hoffmann s'inclina devant cette phrase

faite d'une moitié de compliment et d'une moitié de critique.

— Et vous êtes venu en France, pourquoi ?

— Pour voir.

— Et qu'est-ce que vous avez déjà vu ?

— J'ai vu guillotiner, Monsieur.

— Etiez-vous aujourd'hui à la place de la Révolution.

— J'y étais.

— Alors vous avez assisté à la mort de madame du Barry.

— Oui, fit Hoffmann avec un soupir.

— Je l'ai beaucoup connue, continua le docteur avec un regard confidentiel, et qui poussait le mot connue jusqu'au bout de sa signification. C'était une belle fille, ma foi.

— Est-ce que vous l'avez soignée aussi ?

— Non, mais j'ai soigné son nègre Zamore.

— Le misérable ! on m'a dit que c'est lui qui a dénoncé sa maîtresse.

— En effet il était fort patriote, ce petit négrillon.

— Vous auriez bien dû faire de lui ce

que vous avez fait du vieillard, vous savez,
du vieillard à la tabatière.

— A quoi bon ? il n'avait point d'héritiers, lui.

Et le rire du docteur tinta de nouveau.

— Et vous, Monsieur, vous n'assistiez
pas à cette exécution, tantôt ? reprit
Hoffmann, qui se sentait pris d'un irrésistible besoin de parler de la pauvre
créature dont l'image sanglante ne le
quittait pas.

— Non. Était-elle maigrie ?

— Qui ?

— La comtesse.

— Je ne puis vous le dire, Monsieur.

— Pourquoi cela?

— Parce que je l'ai vue pour **la pre-**
mière fois sur la charrette.

— Tant pis. J'aurais voulu le savoir,
car, moi je l'avais connue très grasse ;
mais demain j'irai voir son corps. Ah tenez! regardez cela. .

Et en même temps le médecin montrait la scène où, en ce moment, M. Vestris, qui jouait le rôle de Pâris, apparaissait sur le mont Ida, et faisait toutes
sortes de marivaudages avec la nymphe
Œnone.

Hoffmann regarda ce que lui montrait

son voisin ; mais, après s'être assuré que
ce sombre médecin était réellement attentif à la scène, et que ce qu'il venait
d'entendre et de dire n'avait laissé aucune trace dans son esprit :

— Cela serait curieux de voir pleurer
cet homme là, se dit Hoffmann.

— Connaissez-vous le sujet de la pièce?
reprit le docteur, après un silence de
quelques minutes.

— Non, Monsieur.

Oh ! c'est très intéressant. Il y a
même des situations touchantes. Un de
mes amis et moi nous avions l'autre fois
les larmes aux yeux.

— Un de ses amis ! murmura le poëte; qu'est-ce que cela peut être que l'ami de cet homme là ? Cela doit être un fossoyeur.

— Ah ! bravo, bravo, Vestris, criota le petit homme en tapotant dans ses mains.

Le médecin avait choisi pour manifester son admiration le moment où Pâris, comme le disait le livret qu'Hoffmann avait ache é à la porte, saisit son javelot et vole au secours des pasteurs qui fuient épouvantés devant un lion terrible.

— Je ne suis pas curieux, mais j'aurais voulu voir le lion.

Ainsi se terminait le premier acte.

Alors le docteur se leva, se retourna, s'adossa à la stalle placée devant la sienne, et substituant une petite lorgnette à sa tabatière, il commença à lorgner les femmes qui composaient la salle.

Hoffmann suivait machinalement la direction de la lorgnette, et il remarquait avec étonnement que la personne sur qui elle se fixait, tressaillait instantanément et tournait aussitôt les yeux vers celui qui la lorgnait, et cela comme si elle y eût été contrainte par une force invisible. Elle gardait cette position jusqu'à ce que le docteur cessât de la lorgner.

Est-ce que cette lorgnette vous vient encore d'un héritier, Monsieur? demanda Hoffmann.

— Non, elle me vient de M. de Voltaire.

— Vous l'avez donc connu aussi?

— Beaucoup, nous étions très liés.

— Vous étiez son médecin?

— Il ne croyait pas à la médecine. Il

est vrai qu'il ne croyait pas à grand'-
chose.

— Est-il vrai qu'il soit mort en se con-
fessant ?

— Lui, Monsieur, lui ! Arouet ! allons
donc ! non seulement il ne s'est pas con-
fessé, mais encore il a joliment reçu
le prêtre qui était venu l'assister ! Je
puis vous en parler savamment, j'é-
tais là.

— Que s'est-il donc passé ?

— Arouet allait mourir ; Tersac, son
curé, arrive et lui dit tout d'abord,
comme un homme qui n'a pas de temps

à perdre : Monsieur, reconnaissez-vous
la trinité de Jésus-Christ?

— Monsieur, laissez-moi mourir tranquille, je vous prie, lui répond Voltaire.

—Cependant, Monsieur, continue Tersac, il importe que je sache si vous
reconnaissez Jésus-Christ comme fils de
Dieu.

— Au nom du diable, s'écrie Voltaire,
ne me parlez plus de cet homme la,
et, réunissant le peu de force qui lui
restait, il flanque un coup de poing
sur la tête du curé, et il meurt. Ai-je
te mon Dieu! ai-je ri

— En effet, c'était risible, fit Hoffmann d'une voix dédaigneuse, et c'est
bien ainsi que devait mourir l'auteur
de *la Pucelle.*

— Ah! oui, *la Pucelle!* s'écria l'homme
noir, quel chef - d'œuvre! Monsieur,
quelle admirable chose! Je ne connais
qu'un livre qui puisse rivaliser avec
celui-là.

— Lequel?

— *Justine*, de M. de Sades; connaissez-vous *Justine?*

— Non, Monsieur.

— Et le marquis de Sades?

—Pas davantage.

—Voyez-vous, Monsieur, reprit le docteur avec enthousiame, *Justine*, c'est
tout ce qu'on peut lire de plus immo-
ral, c'est du Crébillon fils tout nu, c'est
merveilleux. J'ai soigné une jeune fille
qui l'avait lue.

— Et elle est morte, comme votre
vieillard?

— Oui, Monsieur, mais elle est morte
bien heureuse.

Et l'œil du médecin pétilla d'aise au
souvenir des causes de cette mort.

On donna le signal du second acte.

Hoffmann n'en fut pas fâché, son voisin l'effrayait.

—Ah! fit le docteur en s'asseyant, et avec un sourire de satisfaction, nous allons voir Arsène.

—Qui est-ce, Arsène?

—Vous ne la connaissez pas?

—Non, Monsieur.

—Ah çà! vous ne connaissez donc rien, jeune homme! Arsène, c'est Arsène, c'est tout dire; d'ailleurs, vous allez voir.

Et, avant que l'orchestre eût donné une note, le médecin avait recom-

mencé à fredonner l'introduction du
second acte.

La toile se leva.

Le théâtre représentait *un berceau de
fleurs et de verdure, que traversait un ruis-
seau qui prenait sa source au pied d'un
rocher.*

Hoffmann laissa tomber sa tête dans
sa main.

Décidément, ce qu'il voyait, ce qu'il
entendait ne pouvait parvenir à le distraire de la douloureuse pensée et du
lugubre souvenir qui l'avaient amené
là où il était.

— Qu'est-ce que cela eût changé?

pensa-t-il en rentrant brusquement dans les impressions de la journée ; qu'est-ce que cela eût changé dans le monde, si l'on eût laissé vivre cette malheureuse femme ! Quel mal cela aurait-il fait si ce cœur eût continué de battre, cette bouche de respirer? quel malheur en fût-il advenu? Pourquoi interrompre brusquement tout cela? De quel droit arrêter la vie au milieu de son élan? Elle serait bien au milieu de toutes ces femmes, tandis qu'à cette heure son pauvre corps, le corps qui fut aimé d'un roi, gît dans la boue d'un cimetière, sans fleurs, sans croix, sans tête. Comme elle criait, mon Dieu, comme elle criait! puis tout-à-coup...

Hoffmann cacha son front dans ses mains.

—Qu'est-ce que je fais ici, moi? se dit-il; oh! je vais m'en aller.

Et il allait peut-être s'en aller en effet, quand, en relevant la tête, il vit sur la scène une danseuse qui n'avait pas paru au premier acte, et que la salle entière regardait danser sans faire un mouvement, sans exhaler un souffle.

—Oh! que cette femme est belle! s'écria Hoffmann assez haut pour que

ses voisins et la danseuse même l'en-
tendissent.

Celle qui avait éveillé cette admiration subite regarda le jeune homme qui
avait malgré lui poussé cette exclamation, et Hoffmann crut qu'elle le re-
merciait du regard.

Il rougit et tressaillit comme s'il eût
été touché de l'étincelle électrique.

Arsène, car c'était elle, c'est-à-dire
cette danseuse dont le petit vieillard
avait prononcé le nom. Arsène était
réellement une bien admirable créature,
et d'une beauté qui n'avait rien de la
beauté traditionnelle.

Elle était grande, admirablement faite et d'une pâleur transparente sous le rouge qui couvrait ses joues. Ses pieds étaient tout petits, et quand elle retombait sur le parquet du théâtre, on eût dit que la pointe de son pied reposait sur un nuage, car on n'entendait pas le plus petit bruit. Sa taille était si mince, si souple, qu'une couleuvre ne se fût pas retournée sur elle-même comme cette femme le faisait. Chaque fois que, se cambrant, elle se penchait en arrière, on pouvait croire que son corset allait éclater, et l'on devinait, dans l'énergie de sa danse et dans l'assurance de son corps, et la certitude d'une beauté

complète et cette ardente nature qui,
comme celle de la Messaline antique,
peut être quelquefois lassée, mais jamais
assouvie. Elle ne souriait pas comme
sourient ordinairement les danseuses,
ses lèvres de pourpre ne s'entr'ouvraient
presque jamais, non pas qu'elles eussent de vilaines dents à cacher, non,
car, dans le sourire qu'elle avait adressé
à Hoffmann quand il l'avait si naïve-
ment admirée tout haut, notre poète
avait pu voir une double rangée de
perles si blanches, si pures, qu'elle
les cachait sans doute derrière ses lèvres pour que l'air ne les ternît point.
Dans ses cheveux noirs et luisants, avec

des reflets bleus, s'enroulaient de larges
feuilles d'acanthe, et se suspendaient
des grappes de raisin dont l'ombre
courait sur ses épaules nues. Quant aux
yeux, ils étaient grands, limpides, noirs,
brillants, à ce point qu'ils éclairaient
tout autour d'eux, et qu'eût-elle dansé
dans la nuit, Arsène eût illuminé la
place où elle eût dansé. Ce qui ajoutait encore à l'originalité de cette fille,
c'est que, sans raison aucune, elle portait dans ce rôle de nymphe, car elle
jouait ou plutôt elle dansait une nymphe, elle portait, disons-nous, un petit
collier de velours noir, fermé par une
boucle ou, du moins, par un objet qui

paraissait avoir la forme d'upe boucle,
et qui, fait en diamants, jetait des feux
éblouissants.

Le médecin regardait cette femme de
tous ses yeux, et son âme, l'âme qu'il
pouvait avoir, semblait suspendue au
vol de la jeune femme. Il est bien évi-
dent que tant qu'elle dansait, il ne res-
pirait pas.

Alors Hoffmann put remarquer une
chose curieuse : qu'elle allât à droite,
à gauche, en arrière ou en avant, jamais les yeux d'Arsène ne quittaient la
ligne des yeux du docteur, et une visible corrélation était établie entre les deux

regards. Bien plus, Hoffmann voyait très
distinctement les rayons que jetait la
boucle du collier d'Arsène, et ceux que
jetait la tête de mort du docteur, se
rencontrer à moitié chemin dans une
ligne droite, se heurter, se repousser
et rejaillir en une même gerbe faite de
milliers d'étincelles blanches, rouges
et or.

— Voulez-vous me prêter votre lorgnette, Monsieur? dit Hoffmann, haletant et sans détourner la tête, car il lui
était impossible à lui aussi de cesser de
regarder Arsène.

Le docteur étendit la main vers Hoff-

mann, sans faire le moindre mouvement
de la tête, si bien que les mains des
deux spectateurs se cherchèrent quelques instants dans le vide avant de se
rencontrer.

Hoffmann saisit enfin la lorgnette et
y colla ses yeux.

— C'est étrange, murmura-t-il.

— Quoi donc? demanda le docteur.

— Rien, rien, répondit Hoffmann, qui
voulait donner toute son attention à ce
qu'il voyait; en réalité, ce qu'il voyait
était étrange.

La lorgnette rapprochait tellement les

objets à ses yeux, que deux ou trois fois
Hoffmann étendit la main, croyant saisir Arsène qui ne paraissait plus être
au bout du verre qui la reflétait, mais
bien entre les deux verres de la lorgnette.
Notre Allemand ne perdait donc aucun
détail de la beauté de la danseuse, et
ces regards, déjà si brillants de loin, entouraient son front d'un cercle de feu,
et faisaient bouillir le sang dans les vei-
nes de ses tempes.

L'âme du jeune homme faisait un
effroyable bruit dans son corps.

— Quelle est cette femme ? dit-il d'une

voix faible sans quitter la lorguette et sans remuer.

— C'est Arsène, je vous l'ai déjà dit, répliqua le docteur dont les lèvres seules semblaient vivantes et dont le regard immobile était rivé à la danseuse.

— Cette femme a un amant, sans doute?

— Oui.

— Qu'elle aime?

— On le dit.

— Et, il est riche?

— Très riche.

— Qui est-ce?

— Regardez à gauche dans l'avant-scène du rez-de-chaussée.

— Je ne puis pas tourner la tête.

— Faites un effort.

Hoffmann fit un effort si douloureux, qu'il poussa un cri, comme si les nerfs de son cou étaient devenus de marbre et se fussent brisés dans ce moment.

Il regarda dans l'avant-scene indiquée.

Dans cette avant-scène il n'y avait qu'un homme, mais cet homme, accroupi comme un lion sur la balustrade de velours, semblait à lui seul remplir cette avant-scène.

C'était un homme de trente-deux ou
trente-trois ans, au visage labouré par
les passions, on eût dit que, non pas la
petite-vérole, mais l'éruption d'un volcan,
avait creusé les vallées dont les profon-
deurs s'entre-croisaient sur cette chair
toute bouleversée ; ses yeux avaient dû
être petits, mais ils s'étaient ouverts
par une espèce de déchirement de l'âme ;
tantôt ils étaient atones et vides comme
un cratère éteint, tantôt ils versaient
des flammes comme un cratère rayonnant. Il n'applaudissait pas en rappro-
chant ses mains l'une de l'autre, il applaudissait en frappant sur la balustra-

de, et, à chaque applaudissement, il semblait ébranler la salle.

— Oh! fit Hoffmann, est-ce un homme, que je vois là?

— Oui, oui, c'est un homme, répondit le petit homme noir; oui, c'est un homme, et un fier homme, même.

— Comment s'appelle-t-il?

— Vous ne le connaissez pas?

— Mais non, je suis arrivé hier seulement.

— Eh bien! c'est Danton.

— Danton! fit Hoffmann en tressail-

lant. Oh! oh! Et c'est l'amant d'Arsène?

— C'est son amant.

— Et sans doute il l'aime ?

— A la folie. Il est d'une jalousie
féroce.

Mais si intéressant à voir que fût
Danton, Hoffmann avait déjà reporté
les yeux sur Arsène, dont la danse si-
lencieuse avait une apparence fantastique.

— Encore un renseignement, Monsieur?

— Parlez.

— Quelle forme a l'agraffe qui ferme son collier?

— C'est une guillotine.

— Une guillotine!

— Oui. On en fait de charmantes, et toutes nos élégantes en portent au moins une. Celle que porte Arsène, c'est Danton qui la lui a donnée.

— Une guillotine, une guillotine au cou d'une danseuse, répéta Hoffmann, qui sentait son cerveau se gonfler, une guillotine, pourquoi?...

Et notre Allemand, qu'on eût pu prendre pour un fou, allongeait les bras

devant lui, comme pour saisir un corps,
car, par un effet étrange d'optique, la
distance qui le séparait d'Arsène disparaissait par moment, et il lui semblait
sentir l'haleine de la danseuse sur son
front, et entendre la brûlante respira-
tion de cette poitrine, dont les seins, à
moitié nus, se soulevaient comme sous
une étreinte de plaisir. Hoffmann en était
à cet état d'exaltation où l'on croit respirer du feu, et où l'on craint que les
sens ne fassent éclater le corps.

— Assez! assez! disait-il.

Mais la danse continuait, et l'hallucination était telle que, confondant ses

deux impressions les plus fortes de la
journée, l'esprit d'Hoffmann mêlait à
cette scène le souvenir de la place de
la Révolution, et que tantôt il croyait
voir madame Du Barry, pâle et la tête
tranchée, danser à la place d'Arsène,
et tantôt Arsène arriver en dansant jusqu'au pied de la guillotine et jusqu'aux
mains du bourreau.

Il se faisait dans l'imagination exaltée
du jeune homme un mélange de fleurs
et de sang, de danse et d'agonie, de
vie et de mort.

Mais ce qui dominait tout cela, c'était
l'attraction électrique qui le poussait

vers cette femme. Chaque fois que ces
deux jambes fines passaient devant ses
yeux, chaque fois que cette jupe transparente se soulevait un peu plus, un
frémissement parcourait tout son être,
sa lèvre devenait sèche, son haleine
brûlante et le désir entrait en lui comme
il entre dans un homme de vingt ans.

Dans cet état, Hoffmann n'avait plus
qu'un refuge, c'était le portrait d'Antonia, c'était le médaillon qu'il portait
sur sa poitrine, c'était l'amour pur à
opposer à l'amour sensuel, c'était la force du chaste souvenir à mettre en face
de l'exigeante réalité.

Il saisit ce portrait et le porta à ses lèvres ; mais à peine avait-il fait ce mouvement, qu'il entendit le ricannement aigu de son voisin qui le regardait d'un air railleur.

Alors, Hoffmann replaça en rougissant le médaillon où il l'avait pris, et, se levant comme mu par un ressort ·

— Laissez-moi sortir, s'écria-t-il ; laissez-moi sortir, je ne saurais rester plus longtemps ici.

Et, semblable à un fou, il quitta l'orchestre, marchant sur les pieds, heurtant les jambes des tranquilles specta-

teurs qui maugréaient contre cet origi-
nal à qui il prenait ainsi fantaisie de
sortir au milieu d'un ballet.

IV

La deuxième représentation du Jugement de Pâris.

Mais l'élan d'Hoffmann ne le poussa pas bien loin. Au coin de la rue Saint-Martin, il s'arrêta.

Sa poitrine était haletante, son front ruisselant de sueur.

Il passa la main gauche sur son front,

appuya sa main droite sur sa poitrine et respira.

En ce moment on lui toucha sur l'épaule.

Il tressaillit.

— Ah ! pardieu, c'est lui ! dit une voix.

Il se retourna et laissa échapper un cri.

C'était son ami Zacharias Werner.

Les deux jeunes gens se jetèrent dans les bras l'un de l'autre.

Puis ces deux questions se croisèrent.

— Que faisais-tu là ?

— Où vas-tu ?

— Je suis arrivé d'hier, dit Hoffmann, j'ai vu guillotiner madame Du Barry, et, pour me distraire, je suis venu à l'Opéra.

— Moi, je suis arrivé depuis six mois, depuis cinq je vois guillotiner tous les jours vingt ou vingt-cinq personnes, et, pour me distraire, je vais au jeu.

— Ah !

— Viens-tu avec moi?

— Non, merci.

— Tu as tort, je suis en veine ; avec ton bonheur habituel, tu ferais fortune. Tu

dois t'ennuyer horriblement à l'Opéra,
toi qui es habitué à de la vraie musique;
viens avec moi je t'en ferai entendre.

— De la musique?

— Oui, celle de l'or, sans compter que
là où je vais, tous les plaisirs sont réunis, des femmes charmantes, des sou-
pers délicieux, un jeu féroce!

— Merci, mon ami, impossible! j'ai
promis, mieux que cela, j'ai juré.

— A qui?

— A Antonia.

— Tu l'as donc vue?

— Je l'aime, mon ami, je l'adore.

— Ah! je comprends, c'est cela qui t'a retardé, et tu lui as juré...?

— Je lui ai juré de ne pas jouer, et...

Hoffmann hésita.

— Et puis quoi encore?

— Et de lui rester fidèle, balbutia-t-il.

— Alors il ne faut pas venir au 113.

— Qu'est-ce que le 113?

— C'est la maison dont je parlais tout à l'heure ; — moi, comme je n'ai rien juré, j'y vais. — Adieu, Théodore.

— Adieu, Zacharias.

Et Werner s'éloigna, tandis que Hoffmann demeurait cloué à sa place.

Quand Werner fut à cent pas, Hoffmann se rappela qu'il avait oublié de
demander à Zacharias son adresse, et
que la seule adresse que Zacharias lui eût
donnée, c'était celle de la maison de jeu.

Mais cette adresse était écrite dans le
cerveau de Hoffmann, comme sur la porte
de la maison fatale, — en chiffres de feu!

Cependant ce qui venait de se passer
avait un peu calmé les remords d'Hoffmann. La nature humaine est ainsi faite, toujours indulgente pour soi, attendu que son indulgence, c'est de l'é-
goïsme. Il venait de sacrifier le jeu à
Antonia, et il se croyait quitte de son

serment : oubliant que c'était parce qu'il était tout prêt à manquer à la moitié la plus importante de ce serment. qu'il était là, cloué au coin du boulevard et de la rue Saint-Martin.

Mais, je l'ai dit, sa résistance à l'endroit de Werner lui avait donné de l'indulgence à l'endroit d'Arsène. Il résolut donc de prendre un terme moyen, et, au lieu de rentrer dans la salle de l'Opéra, action à laquelle le poussait de toutes ses forces son démon tentateur, d'attendre à la porte des acteurs pour la voir sortir.

Cette porte des acteurs, Hoffmann con-

naissait trop la topographie des théâtres
pour ne pas la trouver bientôt. Il vit rue
de Bondy un long couloir, éclairé à peine, sale et humide, dans lequel passaient, comme des ombres, des hommes
aux vêtements sordides, et il comprit
que c'était par cette porte qu'entraient
et sortaient les pauvres mortels que le
rouge, le blanc, le bleu, la gaze, la soie
et les paillettes transformaient en dieux
et en déesses.

Le temps s'écoulait, la neige tombait,
mais Hoffmann était si agité par cette
étrange apparition, qui avait quelque
chose de surnaturel, qu'il n'éprouvait pas

cette sensation de froid qui semblait pour-
suivre les passants. Vainement conden-
sait-il en vapeurs presque palpables le
souffle qui sortait de sa bouche, ses mains
n'en restaient pas moins brûlantes, et son
front humide. Il y a plus, arrêté contre
la muraille, il y était resté immobile, les
yeux fixés sur le corridor ; de sorte que la
neige, qui allait toujours tombant
en flocons plus épais, couvrait lentement le jeune homme comme d'un
linceul, et du jeune étudiant, coiffé de
sa casquette et vêtu de la redingote
allemande, faisait peu à peu une statue
de marbre. Enfin commencèrent à sortir par ce vomitoire, les premiers libérés

par le spectacle, c'est-à-dire la garde de la
soirée, puis les machinistes, puis tout ce
monde sans nom qui vit du théâtre, puis
les artistes mâles, moins longs à s'habiller que les femmes, puis enfin les femmes,
puis enfin la belle danseuse, qu'Hoffmann reconnut non-seulement à son
charmant visage, mais à ce souple mouvement de hanches qui n'appartenait qu'à
elle, mais encore à ce petit collier
de velours qui serrait son col, et
sur lequel étincelait l'étrange bijou que
la Terreur venait de mettre à la mode.

A peine Arsène apparut-elle sur le
seuil de la porte, qu'avant même

qu'Hoffmann eût eu le temps de faire un mouvement, une voiture s'avança rapidement, la portière s'ouvrit, la jeune fille s'y élança aussi légère que si elle bondissait encore sur le théâtre. Une ombre apparut à travers les vitres, qu'Hoffmann crut reconnaître pour celle de l'homme de l'avant-scène, laquelle ombre reçut la belle nymphe dans ses bras : puis, sans qu'aucune voix eût eu besoin de désigner un but au cocher, la voiture s'éloigna au galop.

Tout ce que nous venons de raconter en quinze ou vingt lignes s'était passé aussi rapidement que l'éclair.

Hoffmann jeta une espèce de cri en voyant fuir la voiture, se détacha de la muraille, pareil à une statue qui s'élance de sa niche, et secouant par le mouvement la neige dont il était couvert, se mit à la poursuite de la voiture.

Mais elle était emportée par deux trop puissants chevaux, pour que le jeune homme, si rapide que fût sa course irréfléchie, pût les rejoindre.

Tant qu'elle suivit le boulevard, tout alla bien; tant qu'elle suivit même la rue de Bourbon-Villeneuve, qui venait d'être débaptisée pour prendre le nom de rue *Neuve-Egalité*, tout alla bien encore;

mais, arrivée à la place des Victoires,
devenue la place de *la Victoire Nationale*,
elle prit à droite, et disparut aux yeux
d'Hoffmann.

N'étant plus soutenue ni par le bruit ni
par la vue, la course du jeune homme
faiblit ; un instant il s'arrêta au coin de
la rue Neuve-Eustache, s'appuya à la muraille pour reprendre haleine, puis, ne
voyant plus rien, n'entendant plus rien,
il s'orienta, jugeant qu'il était temps de
rentrer chez lui.

Ce ne fut pas chose facile pour Hoffmann que de se tirer de ce dédale de
rues, qui forment un réseau presque

inextricable de la pointe Saint-Eustache
au quai de la Ferraille. Enfin, grâce aux
nombreuses patrouilles qui circulaient
dans les rues, grâce à son passeport
bien en règle, grâce à la preuve qu'il
n'était arrivé que la veille, — preuve
que le visa de la barrière lui donnait la
facilité de fournir, il obtint de la milice
citoyenne des renseignements si précis,
qu'il parvint à regagner son hôtel et à
retrouver sa petite chambre, où il s'en-
ferma seul en apparence, mais en réa-
ité avec le souvenir ardent de ce qui
s'était passé.

A partir de ce moment, Hoffmann fut

éminemment en proie à deux visions :
dont l'une s'effaçait peu à peu , dont
l'autre prenait peu à peu plus de con-
sistance.

La vision qui s'effaçait, c'était la figure
pâle et échevelée de la Du Barry, trainée
de la Conciergerie à la charrette et de la
charrette à l'échafaud.

La vision qui prenait de la réalité, c'é-
tait la figure animée et souriante de la
belle danseuse, bondissant du fond du
théâtre à la rampe, et tourbillonnant de
la rampe à l'une et à l'autre avant-scène.

Hoffmann fit tous ses efforts pour se
débarrasser de cette vision, Il tira ses

ii.   8

pinceaux de sa malle et peignit ; il tira
son violon de sa boîte et joua du violon ; il demanda une plume et de l'encre et fit des vers. Mais ces vers qu'il
composait, c'étaient des vers à la louange
d'Arsène ; cet air qu'il jouait, c'était l'air
sur lequel elle lui était apparue, et dont
les notes bondissantes la soulevaient,
comme si elles eussent eu des ailes ;
enfin, les esquisses qu'il faisait, c'était
son portrait avec ce même collier de
velours, étrange ornement fixé au cou
d'Arsène par une si étrange agrafe.

Pendant toute la nuit, pendant toute

la journée du lendemain, pendant toute
la nuit et toute la journée du surlendemain, Hoffmann ne vit qu'une chose
ou plutôt que deux choses : c'était, d'un
côté, la fantastique danseuse; et de
l'autre côté, le non moins fantastique
docteur. Il y avait entre ces deux êtres
une telle corrélation, qu'Hoffmann ne
comprenait pas l'un sans l'autre. Aussi
n'était-ce pas pendant cette hallucination
qui lui offrait Arsène toujours bondissant
sur le théâtre, l'orchestre qui bruissait à
ses oreilles ; non, c'était le petit chanton-
nement du docteur, c'était le petit tambourinement de ses doigts sur la tabatière d'ébène ; puis, de temps en temps,

un éclair ; passait devant ses yeux, l'a-
veuglant d'étincelles jaillissantes ; c'était
le double rayon qui s'élançait de la tabatière du docteur et du collier de la
danseuse : c'était l'attraction sympathi-
que de cette guillotine de diamants avec
cette tête de mort en diamants ; c'était
enfin la fixité des yeux du médecin qui
semblaient à sa volonté attirer et repousser la charmante danseuse, comme
l'œil du serpent attire et repousse l'oiseau qu'il fascine.

Vingt fois, cent fois, mille fois, l'idée
s'était présentée à Hoffmann de retourner
à l'Opéra; mais tant que l'heure n'était pas

venue, Hoffmann s'était bien promis de
ne pas céder à la tentation; d'ailleurs, cette
tentation, il l'avait combattue de toutes
manières, en ayant recours à son médaillon d'abord, puis ensuite en es-
sayant d'écrire à Antonia; mais le portrait d'Antonia semblait avoir pris un
visage si triste, qu'Hoffmann refermait
le médaillon presqu'aussitôt qu'il l'avait
ouvert; mais les premières lignes de
chaque lettre qu'il commençait étaient
si embarrassées, qu'il avait déchiré dix
lettres avant d'être au tiers de la première page.

Enfin ce fameux surlendemain s'écou-

la ; enfin l'ouverture du théâtre s'approcha; enfin sept heures sonnerent, et, a ce
dernier appel, Hoffmann, enlevé comme
malgré lui, descendittout courant son escalier, et s'élança dans la direction de la
rue Saint-Martin.

Cette fois, en moins d'un quart d'heure, cette fois, sans avoir besoin de demander son chemin à personne, cette
fois, comme si un guide invisible lui
eût montré sa route, en moins de
dix minutes il arriva a la porte de l'O-
péra.

Mais, chose singulière, cette porte,
comme deux jours auparavant, n'était

pas encombrée de spectateurs, soit qu'un
incident inconnu d'Hoffmann eût rendu
le spectacle moins attrayant, soit que les
spectateurs fussent déjà dans l'intérieur
du théâtre.

Hoffmann jeta son écu de six livres à
la buraliste, reçut son carton et s'élança
dans la salle.

Mais l'aspect de la salle était bien
changé. D'abord elle n'était qu'à moitié
pleine ; puis, a la place de ces femmes
charmantes, de ces hommes élégants
qu'il avait cru revoir, il ne vit que des
femmes en casaquin et des hommes en
carmagnole; pas de bijoux, pas de fleurs.

pas de seins nus s'enflant et se désenflant
sous cette atmosphère voluptueuse des
théâtres aristocratiques ; des bonnets
ronds et des bonnets rouges, le tout
orné d'énormes cocardes nationales ;
des couleurs sombres dans les vêtements, un nuage triste sur les figures ;
puis des deux côtés de la salle, deux
bustes hideux, deux têtes grimaçantes,
l'une le Rire, l'autre la Douleur, —
les bustes de Voltaire et de Marat
enfin.

Enfin, à l'avant-scène, un trou à peine éclairé, une ouverture sombre et
vide. — La caverne toujours, mais plus
de lion.

Il y avait a l'orchestre deux places vacantes a côté l'une de l'autre. Hoffmann gagna l'une de ces deux places, c'était celle qu'il avait occupée.

L'autre était celle qu'avait occupée le docteur, mais comme nous l'avons dit, cette place était vacante.

Le premier acte fut joué sans qu'Hoffmann fît attention a l'orchestre ou s'occupât des acteurs.

Cet orchestre, il le connaissait et l'avait apprécié a une première audition.

Ces acteurs lui importaient peu, il n'était pas venu pour les voir, il était venu pour voir Arsène.

La toile se leva sur le second acte, et
le ballet commença.

Toute l'intelligence, toute l'âme, tout
le cœur du jeune homme étaient suspendus.

Il attendait l'entrée d'Arsène.

Tout-à-coup Hoffmann jeta un cri.

Ce n'était plus Arsène qui remplissait
le rôle de Flore.

La femme qui apparaissait était une
femme étrangère, une femme comme
toutes les femmes.

Toutes les fibres de ce corps haletant
se détendirent; Hoffmann s'affaissa sur

lui-même en poussant un long soupir et regarda autour de lui.

Le petit homme noir était à sa place; seulement il n'avait plus ses boucles en diamants, ses bagues en diamants, sa tabatière à tête de mort en diamants.

Ses boucles étaient en cuivre, ses bagues en argent doré, sa tabatière en argent mat.

Il ne chantonnait plus, il ne battait plus la mesure.

Comment était-il venu là? Hoffmann n'en savait rien : il ne l'avait ni vu venir, ni senti passer.

— Oh ! Monsieur, s'écria Hoffmann.

— Dites citoyen, mon jeune ami, et même tutoyez-moi... si c'est possible, répondit le petit homme noir, ou vous me ferez couper la tête et à vous aussi.

— Mais où est-elle donc? demanda Hoffmann.

— Ah ! voilà... Où est-elle? il paraît que son tigre, qui ne la quitte pas des yeux, s'est aperçu qu'avant-hier elle a correspondu par signes avec un jeune homme de l'orchestre. Il paraît que ce jeune homme a couru après la voiture ; de sorte que depuis hier il a

rompu l'engagement d'Arsène, et qu'Arsène n'est plus au théâtre.

— Et comment le directeur a-t-il souffert ?...

— Mon jeune ami, le directeur tient à
conserver sa tête sur ses épaules, quoique ce soit une assez vilaine tête ; mais
il prétend qu'il a l'habitude de celle-là et
qu'une autre plus belle ne reprendrait
peut-être pas de bouture.

—Ah ! mon Dieu ! voilà donc pourquoi cette salle est si triste ! s'écria
Hoffmann. Voilà pourquoi il n'y a plus
de fleurs, plus de diamants, plus de
bijoux ! Voilà pourquoi vous n'avez

plus vos boucles en diamants, vos bagues en diamants, votre tabatière en diamants! Voilà pourquoi il y a, enfin, aux deux côtés de la scène, au lieu des bustes d'Apollon et de Terpsychore, ces deux affreux bustes! Pouah!

— Ah çà, mais! que me dites-vous donc là? demanda le docteur, et où avez-vous vu une salle telle que vous dites? Où m'avez-vous vu des bagues en diamants, des tabatières en diamants? où avez-vous vu enfin les bustes d'Apollon et de Terpsychore? Mais il y a deux ans que les fleurs ne fleurissent plus, que les diamants sont tournés

en assignats, et que les bijoux son fon-
dus sur l'autel de la patrie. Quant à moi,
Dieu merci ! je n'ai jamais eu d'autres
boucles que ces boucles de cuivre, d'autres bagues que cette méchante bague
de vermeil, et d'autre tabatière que cette
pauvre tabatière d'argent ; pour les bustes d'Apollon et de Terpsychore, ils y
ont été autrefois, mais les amis de l'humanité sont venus casser le buste d'A-
pollon et l'ont remplacé par celui de l'a-
pôtre Voltaire, mais les amis du peuple sont venus briser le buste de Terpsychore et l'ont remplacé par celui du dieu
Marat.

—Oh! s'écria Hoffmann, c'est impossible. Je vous dis qu'avant-hier j'ai vu une salle parfumée de fleurs, resplendissante de riches costumes, ruisselante de diamants, et des hommes élégants à la place de ces harangères en casaquins et de ces goujats en carmagnole. Je vous dis que vous aviez des boucles de diamants à vos souliers, des bagues en diamants à vos doigts, une tête de mort en diamants sur votre tabatière ; je vous dis...

— Et moi, jeune homme, à mon tour je vous dis, reprit le petit homme noir, je vous dis qu'avant-hier elle était là, je vous dis que sa présence illuminait

tout, je vous dis que son souffle faisait
naître les roses, faisait reluire les bijoux,
faisait étinceler les diamants de votre
imagination ; je vous dis que vous l'aimez, jeune homme, et que vous avez vu
la salle à travers le prisme de votre
amour. Arsène n'est plus là, votre cœur
est mort, vos yeux sont désenchantés,
et vous voyez du molleton, de l'indienne,
du gros drap, des bonnets rouges, des
mains sales et des cheveux crasseux.
Vous voyez enfin le monde tel qu'il est,
les choses telles qu'elles sont.

—Oh ! mon Dieu ! s'écria Hoffmann,
en laissant tomber sa tête dans ses mains,

tout cela est-il vrai, et suis-je donc si près
de devenir fou ?

V

L'estaminet.

Hoffmann ne sortit de cette léthargie qu'en sentant une main se poser sur son épaule.

Il leva la tête. Tout était noir et éteint autour de lui : le théâtre, sans lumière, lui apparaissait comme le cadavre du théâtre qu'il avait vu vivant. Le soldat de garde s'y promenait seul et silencieux comme le gardien de la mort; plus de lustres, plus d'orchestre, plus de rayons, plus de bruit.

Une voix seulement qui marmottait à son oreille :

— Mais , citoyen, mais , citoyen , que faites-vous donc? vous êtes à l'Opéra, citoyen; on dort ici, c'est vrai, mais on n'y couche pas.

Hoffmann regarda enfin du côté d'où venait la voix, et il vit une petite vieille qui le tirait par le collet de sa redingote.

C'était l'ouvreuse de l'orchestre qui,

ne connaissant pas les intentions de ce spectateur obstiné, ne voulait pas se retirer sans l'avoir vu sortir devant elle.

Au reste, une fois tiré de son sommeil, Hoffmann ne fit aucune résistance ; il poussa un soupir et se leva en murmurant le mot : Arsène !

— Ah oui ! Arsène, dit la petite vieille, Arsène, vous aussi, jeune homme, vous en êtes amoureux comme tout le monde. C'est une grande perte pour l'Opéra et surtout pour nous autres ouvreuses.

— Pour vous autres ouvreuses, demanda Hoffmann, heureux de se rattacher à quelqu'un qui lui parlât de la dan-

seuse, et comment donc est-ce une perte
pour vous qu'Arsène soit ou ne soit plus
au théâtre ?

— Ah dam'! c'est bien facile à comprendre, cela: d'abord, toutes les fois
qu'elle dansait, elle faisait salle comble ;
alors c'était un commerce de tabourets,
de chaises et de petits bancs ; à l'Opéra,
tout se paie ; on payait les petits bancs,
les chaises et les tabourets de supplé-
ment, c'étaient nos petits profits. Je dis
petits profits, ajouta la vieille d'un air
malin, parce qu'à côté de ceux-là,
citoyen, vous comprenez, il y avait les
grands.

— Les grands profits?

— Oui.

Et la vieille cligna de l'œil.

— Et quels étaient les grands profits?
voyons, ma bonne femme.

— Les grands profits venaient de ceux
qui demandaient des renseignements sur
elle, qui voulaient savoir son adresse,
qui lui faisaient passer des billets. Il y
avait prix pour tout, vous comprenez:
tant pour les renseignements, tant pour
l'adresse, tant pour le poulet; on faisait
son petit commerce, enfin, et l'on vivait
honnêtement.

Et la vieille poussa un soupir qui, sans désavantage, pouvait être comparé au soupir poussé par Hoffman au commencement du dialogue que nous venons de rapporter.

— Ah! ah! fit Hoffmann, vous vous chargiez de donner des renseignements, d'indiquer l'adresse, de remettre les billets; vous en chargez-vous toujours?

— Hélas! Monsieur, les renseignements que je vous donnerais vous seraient inutiles maintenant; personne ne sait plus l'adresse d'Arsène, et le billet que vous me donneriez pour elle serait perdu. Si vous voulez pour une autre, madame

Vestris, mademoiselle Bigottini, mademoiselle...

— Merci, ma bonne femme, merci ; je
ne désirais rien savoir que sur mademoiselle Arsène.

Puis, tirant un petit écu de sa poche :

— Tenez, dit Hoffmann, voilà pour la
peine que vous avez prise de m'é-
veiller.

Et, prenant congé de la vieille, il reprit d'un pas lent le boulevard, avec l'in-
tention de suivre le même chemin qu'il
avait suivi la surveille, l'instinct qui
l'avait guidé pour venir n'existant plus.

Seulement ses impressions étaient bien
différentes, et sa marche se ressentait de
la différence de ces impressions. L'autre
soir sa marche était celle de l'homme
qui a vu passer l'Espérance et qui court
après elle, sans réfléchir que Dieu lui a
donné ses longues ailes d'azur, pour que
les hommes ne l'atteignent jamais. Il
avait la bouche ouverte et haletante, le
front haut, les bras étendus ; cette fois,
au contraire, il marchait lentement,
comme l'homme qui, après l'avoir pour-
suivie inutilement, vient de la perdre de
vue ; sa bouche était serrée, son front
abattu, ses bras tombants. L'autre fois
il avait mis cinq minutes à peine pour

aller de la porte Saint-Martin à la rue
Montmartre, cette fois il mit plus d'une
heure, et plus d'une heure encore pour
aller de la rue Montmartre à son hôtel ;
car, dans l'espèce d'abattement où il
était tombé, peu lui importait de rentrer
tôt ou tard, peu lui importait même de
ne pas rentrer du tout.

On dit qu'il y a un Dieu pour les ivro-
gnes et les amoureux ; ce Dieu-là sans
doute veillait sur Hoffmann. Il lui fit évi-
ter les patrouilles ; il lui fit trouver les
quais, puis les ponts, puis son hôtel, où
il rentra, au grand scandale de son hôtesse, à une heure et demie du matin.

Cependant, au milieu de tout cela, une petite lueur dorée dansait au fond de l'imagination d'Hoffmann, comme un feu follet dans la nuit. Le médecin lui avait dit, si toutefois ce médecin existait, si ce n'était pas un jeu de son imagination, une hallucination de son esprit; le médecin lui avait dit qu'Arsène avait été enlevée au théâtre par son amant, attendu que cet amant avait été jaloux d'un jeune homme placé à l'orchestre, avec lequel Arsène avait échangé de trop tendres regards. Ce médecin avait ajouté, en outre, que ce qui avait porté la jalousie du tyran à son comble, c'est que ce même jeune homme avait été vu embus-

qué en face de la porte de sortie des artistes ; c'est que ce même jeune homme
avait couru en désespéré derrière la voiture ; or, ce jeune homme qui avait
échangé de l'orchestre des regards pas-
sionnés avec Arsène ; c'était lui, Hoffmann ; or, ce jeune homme qui s'était
embusqué à la porte de sortie des artistes, c'était encore lui, Hoffman ; enfin,
ce jeune homme qui avait couru déses-
pérément derrière la voiture, c'était toujours lui, Hoffmann. Donc Arsène l'avait
remarqué, puisqu'elle payait la peine de
sa distraction ; donc Arsène souffrait
pour lui ; il était entré dans la vie de la
belle danseuse par la porte de la dou-

leur, mais il y était entré, c'était le prin-
cipal ; à lui de s'y maintenir. Mais comment? par quel moyen? par quelle voie
correspondre avec Arsène, lui donner de
ses nouvelles, lui dire qu'il l'aimait?
C'eût été déjà une grande tâche pour un
Parisien pur sang, que de retrouver
cette belle Arsène perdue dans cette immense ville. C'était une tâche impossible pour Hoffmann, arrivé depuis trois
jours et ayant grande peine à se retrouver lui-même.

Hoffmann ne se donna donc même pas
la peine de chercher; il comprenait que
le hasard seul pouvait venir à son aide.

Tous les deux jours, il regardait l'affiche de l'Opéra, et, tous les deux jours,
il avait la douleur de voir que Paris rendait son jugement en l'absence de celle
qui méritait la pomme bien autrement
que Vénus.

Dès lors il ne songea plus à aller à l'O-
péra.

Un instant il eut bien l'idée d'aller soit
à la Convention, soit aux Cordeliers, de
s'attacher aux pas de Danton, et, en l'é-
piant jour et nuit, de deviner où il avait
caché la belle danseuse. Il alla même à la
Convention, il alla même aux Cordeliers;
mais Danton n'y était pas : depuis sept

ou huit jours Danton n'y venait plus :
las de la lutte qu'il soutenait depuis deux
ans, vaincu par l'ennui bien plus que
par la supériorité, Danton paraissait s'ê-
tre retiré de l'arène politique. Danton,
disait-on, était à sa maison de campagne. Où était cette maison de campagne?
on n'en savait rien : les uns disaient à
Rueil, les autres à Auteuil.

Danton était aussi introuvable qu'Arsène.

On eût cru peut-être que cette absence
d'Arsène eût dû ramener Hoffmann à
Antonia ; mais, chose étrange, il n'en
était rien. Hoffmann avait beau faire tous

ses efforts pour ramener son esprit à la pauvre fille du chef d'orchestre de Manheim. Un instant, par la puissance de sa volonté, tous ses souvenirs se concentraient sur le cabinet de maître Gottlieb Murr ; mais, au bout d'un moment, partitions entassées sur les tables et sur les pianos, maître Gottlieb trépignant devant son pupitre, Antonia couchée sur son canapé . tout cela disparaissait pour faire place à un grand cadre éclairé dans lequel se mouvaient d'abord des ombres ; puis ces ombres prenaient des corps, puis ces corps affectaient des formes mythologiques, puis enfin toutes ces formes mythologiques, tous ces héros,

toutes ces nymphes, tous ces dieux, tous
ces demi-dieux, disparaissaient pour
faire place à une seule déesse, à la déesse
des jardins, à la belle Flore, c'est-à-dire
à la divine Arsène, à la femme au collier
de velours et à l'agrafe de diamants, alors
Hoffman tombait, non plus dans une rê-
verie, mais dans une extase dont il ne
venait à sortir qu'en se rejetant dans la
vie réelle, qu'en coudoyant les passants
dans la rue, qu'en se roulant enfin dans
la foule et dans le bruit.

Lorsque cette hallucination à laquelle
Hoffmann était en proie devenait trop
forte, il sortait donc, se laissait aller

à la pente du quai, prenait le Pont-Neuf,
et ne s'arrêtait presque jamais qu'au coin
de la rue de la Monnaie. Là Hoffmann
avait trouvé un estaminet, rendez-vous
des plus rudes fumeurs de la capitale.
Là, Hoffmann pouvait se croire dans
quelque taverne anglaise, dans quelque
musico hollandais ou dans quelque table
d'hôte allemande, tant la fumée de la
pipe y faisait une atmosphère impossible
à respirer pour tout autre que pour un
fumeur de première classe.

Une fois entré dans l'estaminet de la
Fraternité, Hoffmann gagnait une petite
table sise à l'angle le plus enfoncé, de-

mandait une bouteille de bière de la
brasserie de M. Santerre, qui venait de
se démettre, en faveur de M. Henriot, de
son grade de général de la garde nationale de Paris, chargeait jusqu'à la gueule
cette immense pipe que nous connais-
sons déjà, et s'enveloppait en quelques
instants d'un nuage de fumée aussi épais
que celui dont la belle Vénus enveloppait son fils Enée, chaque fois que la
tendre mère jugeait urgent d'arracher
son fils bien-aimé à la colère de ses en-
nemis.

Huit ou dix jours s'étaient écoulés depuis l'aventure d'Hoffmann à l'Opéra ,

et, par conséquent, depuis la disparition
de la belle danseuse ; il était une heure
de l'après-midi ; Hoffmann, depuis une
demi-heure à peu près, se trouvait dans
son estaminet, s'occupant de toute la
force de ses poumons à établir autour de
lui cette enceinte de fumée qui le séparait de ses voisins, quand il lui sembla,
dans la vapeur, distinguer comme une
forme humaine, puis, dominant tous les
bruits, entendre le double bruit du chan-
tonnement et du tambourinement habituel au petit homme noir ; de plus, au
milieu de cette vapeur, il lui semblait
qu'un point lumineux dégageait des étincelles ; il rouvrit ses yeux à demi fermés

par une douce somnolence, écarta ses
paupières avec peine, et en face de lui,
assis sur un tabouret, il reconnut son
voisin de l'Opéra, et cela d'autant mieux
que le fantastique docteur avait ou plutôt semblait avoir ses boucles en diamants à ses doigts, et sa tête de mort sur
sa tabatière.

— Bon, dit Hoffmann, voilà que je re-
deviens fou. Et il ferma rapidement les
yeux.

Mais, les yeux une fois fermés, plus ils
le furent hermétiquement, plus Hoffmann entendit, et le petit accompagnement de chant, et le petit tambourine-

ment des doigts. Le tout de la façon la plus distincte, si distincte qu'Hoffmann comprit qu'il y avait un fond de réalité dans tout cela, et que la différence était du plus au moins. Voilà tout.

Il rouvrit donc un œil, puis l'autre ; le petit homme noir était toujours à sa place.

— Bonjour, jeune homme, dit-il à Hoffmann ; vous dormez, je crois ; prenez une prise, cela vous réveillera.

Et, ouvrant sa tabatière, il offrit du tabac au jeune homme.

Celui-ci, machinalement, étendit la main, prit une prise et l'aspira.

A l'instant même il lui sembla que les parois de son esprit s'éclairèrent.

—Ah ! s'écria Hoffmann ! c'est vous, cher docteur! que je suis aise de vous revoir !

—Si vous êtes si aise de me revoir, demanda le docteur, pourquoi ne m'avez-vous pas cherché ?

— Est-ce que je savais votre adresse ?

—Oh ! la belle affaire ! au premier cimetière venu on vous l'eût donnée.

—Est-ce que je savais votre nom ?

—Le docteur à la tête de mort, tout le monde me connaît sous ce nom-là. Puis il

y avait un endroit où vous étiez toujours
sûr de me trouver.

— Où cela ?

— A l'Opéra. Je suis médecin de l'O-
péra. Vous le savez bien , puisque vous
m'y avez vu deux fois.

—Oh ! l'Opéra , dit Hoffmann en secouant la tête et en poussant un soupir.

— Oui, vous n'y retournez plus?

—Je n'y retourne plus, non.

— Depuis que ce n'est plus Arsène qui
remplit le rôle de Flore?

— Vous l'avez dit, et tant que ce ne

sera pas elle , je n'y retournerai pas.

— Vous l'aimez, jeune homme , vous l'aimez.

— Je ne sais pas si la maladie que j'éprouve s'appelle de l'amour , mais je sais que si je ne la revois pas , ou je mourrai de son absence, ou je deviendrai fou.

— Peste ! il ne faut pas devenir fou ! peste ! il ne faut pas mourir ! A la folie il y a peu de remèdes, à la mort il n'y en a pas du tout.

— Que faut-il faire alors ?

— Dam ! il faut la revoir.

— Comment cela, la revoir ?

— Sans doute !

— Avez-vous un moyen ?

— Peut-être.

— Lequel ?

— Attendez.

Et le docteur se mit à rêver en clignottant des yeux et en tambourinant sur sa tabatière.

Puis, après un instant, rouvrant les yeux et laissant ses doigts suspendus sur l'ébène :

— Vous êtes peintre, m'avez-vous dit ?

—Oui, peintre, musicien, poëte.

— Nous n'avons besoin que de la pein
ture pour le moment.

— Eh bien ?

— Eh bien ! Arsène m'a chargé de lui
chercher un peintre.

— Pourquoi faire ?

— Pourquoi cherche-t-on un peintre,
pardieu ! pour lui faire son portrait.

— Le portrait d'Arsène ! s'écria Hoffmann en se levant, oh ! me voilà ! me
voilà !

—Chut ! pensez donc que je suis un
homme grave.

— Vous êtes mon sauveur ! s'écria Hoffmann en jetant ses bras autour du cou du petit homme noir.

— Jeunesse, jeunesse, murmura celui-ci en accompagnant ces deux mots du même rire dont eût ricané sa tête de mort si elle eût été de grandeur naturelle.

— Allons, allons, répétait Hoffmann.

— Mais il vous faut une boîte à couleurs, des pinceaux, une toile.

— J'ai tout cela chez moi, allons.

— Allons, dit le docteur.

Et tous deux sortirent de l'estaminet.

VI

Le portrait.

Hoffmann, en sortant de l'estaminet,
fit un mouvement pour appeler un fiacre, mais le docteur frappa ses mains
sèches l'une contre l'autre, et à ce bruit,
pareil à celui qu'eussent fait deux mains
de squelette, une voiture tendue de noir,
attelée de deux chevaux noirs, et con-

duite par un cocher tout vêtu de noir,
accourut : où stationnait-elle ? d'où était-
elle sortie ? C'eût été aussi difficile à
Hoffmann de le dire qu'il eût été difficile à Cendrillon de dire d'où venait le
char dans lequel elle se rendait au bal du
prince Mirliflore.

Un petit gromm, non-seulement noir
d'habits mais de peau, ouvrit la portière. Hoffmann et le docteur y montè-
rent, s'assirent l'un à côté de l'autre, et
tout aussitôt la voiture se mit à rouler
sans bruit vers l'hôtellerie d'Hoffmann.

Arrivé à la porte, Hoffmann hésita
pour savoir s'il monterait chez lui ; il

lui semblait qu'aussitôt qu'il allait avoir

le dos tourné, la voiture, les chevaux, le

docteur et ses deux domestiques, allaient

disparaître comme ils étaient apparus.

Mais à quoi bon, docteur, chevaux, voi-

ture et domestiques, se fussent-ils dé-

rangés pour conduire Hoffmann de l'es-

taminet de la rue de la Monnaie au quai

aux fleurs, ce dérangement n'avait pas

de but. Hoffmann, rassuré par le simple

sentiment de la logique, descendit donc

de la voiture , entra dans l'hôtellerie,

monta vivement l'escalier , se précipita

dans sa chambre, y prit palette, pin-

ceaux, boîte à couleurs, choisit la plus

grande de ses toiles, et redescendit du
même pas qu'il était monté.

La voiture était toujours à la porte.

Pinceaux, palette et boîte à couleurs
furent mis dans l'intérieur du carrosse ;
le groom fut chargé de porter la toile.

Puis, la voiture se remit à rouler avec
la même rapidité et le même silence.

Au bout de dix minutes elle s'arrêta
en face d'un charmant petit hôtel situé
rue de Hanovre, 15.

Hoffmann remarqua la rue et le numéro, afin, le cas échéant, de pouvoir
revenir sans l'aide du docteur.

La porte s'ouvrit : le docteur était connu sans doute, car le concierge ne lui
demanda pas même où il allait ; Hoffman
suivit le docteur avec ses pinceaux, sa
boîte à couleurs, sa palette, sa toile, et
passa par-dessus le marché.

On monta au premier, et l'on entra
dans une antichambre qu'on eût pu
croire le vestibule de la maison du poète
à Pompeïa.

On s'en souvient, à cette époque la
mode était grecque ; l'antichambre d'Arsène était peinte à fresque, ornée de can-
délabres et de statues de bronze.

De l'antichambre, le docteur et Hoffmann passèrent dans le salon.

Le salon était grec comme l'antichambre, tendu avec du drap de Sedan à
70 francs l'aune, le tapis seul coûtait
6,000 livres; le docteur fit remarquer ce
tapis à Hoffmann; il représentait la ba-
taille d'Arbelles copiée sur la fameuse
mosaïque de Pompéia.

Hoffmann, ébloui de ce luxe inouï, ne
comprenait pas que l'on fît de pareils tapis pour marcher dessus.

Du salon, on passa dans le boudoir;
le boudoir était tendu de cachemire. Au
fond, dans un encadrement, était un lit

bas, faisant canapé pareil à celui sur lequel M. Guérin coucha depuis Didon
écoutant les aventures d'Enéas. C'était
là qu'Arsène avait donné l'ordre de faire
attendre.

— Maintenant, jeune homme, dit le
docteur, vous voilà introduit, c'est à
vous de vous conduire d'une façon con-
venable. Il va sans dire que si l'amant
en titre vous surprenait ici, vous seriez
un homme perdu.

— Oh ! s'écria Hoffmann, que je la revoie, que je la revoie seulement, et...

La parole s'éteignit sur les lèvres

d'Hoffmann ; il resta les yeux fixes, les bras étendus, la poitrine haletante.

Une porte, cachée dans la boiserie, venait de s'ouvrir, et, derrière une glace tournante, apparaissait Arsène, véritable divinité du temple dans lequel elle daignait se faire visible à son adorateur.

C'était le costume d'Aspasie dans tout son luxe antique, avec ses perles dans les cheveux, son manteau de pourpre brodé d'or, sa longue robe blanche maintenue à la taille par une simple ceinture de perles, des bagues aux pieds et aux mains, et, au milieu de tout cela, cet étrange ornement qui semblait inséparable de sa personne, ce collier de velours, large de quatre lignes à peine, et retenu par sa lugubre agrafe de diamants.

— Ah! c'est vous, citoyen, qui vous chargez de faire mon portrait, dit Arsène.

— Oui, balbutia Hoffmann ; oui, Madame, et le docteur a bien voulu se charger de répondre de moi.

Hoffmann chercha autour de lui comme pour demander un appui au docteur, mais le docteur avait disparu.

— Eh bien! s'écria Hoffmann tout troublé ; eh bien !

— Que cherchez-vous, que demandez-vous, citoyen ?

— Mais, Madame, je cherche, je demande... je demande le docteur, la personne enfin qui m'a introduit ici.

— Qu'avez-vous besoin de votre introducteur, dit Arsène, puisque vous voilà introduit ?

— Mais cependant, le docteur, le docteur ? fit Hoffmann.

—Allons ! dit avec impatience Arsène, n'allez-vous pas perdre le temps à le chercher ? Le docteur est à ses affaires, occupons-nous des nôtres.

— Madame, je suis à vos ordres, dit Hoffmann tout tremblant.

— Voyons, vous consentez donc à faire mon portrait ?

— C'est-à-dire que je suis l'homme le plus heureux du monde d'avoir été choisi pour une telle faveur ; seulement , je n'ai qu'une crainte.

— Bon ! vous allez faire de la modestie. Eh bien ! si vous ne réussissez pas, j'essaierai d'un autre. Il veut avoir un portrait de moi. J'ai vu que vous me regardiez en homme qui deviez garder ma ressemblance dans votre mémoire, et je vous ai donné la préférence.

— Merci, merci cent fois ! s'écria Hoffmann, dévorant Arsène des yeux. Oh !
oui, oui, j'ai gardé votre ressemblance
dans ma mémoire : là, là, là.

Et il appuya sa main sur son cœur.

Tout à coup il chancela et pâlit.

— Qu'avez-vous ? demanda Arsène
d'un petit air tout dégagé.

— Rien , répondit Hoffmann , rien ;
commençons.

En mettant sa main sur son cœur, il
avait senti entre sa poitrine et sa chemise le médaillon d'Antonia.

— Commençons, poursuivit Arsène.

C'est bien aisé à dire. D'abord, ce n'est point sous ce costume qu'*il* veut que je me fasse peindre.

Ce mot *il*, qui était déjà revenu deux fois, passait à travers le cœur d'Hoffmann comme eût fait une de ces aiguilles d'or qui soutenaient la coiffure de la moderne Aspasie.

— Et comment donc alors veut-*il* que vous vous fassiez peindre? demanda Hoffmann avec une amertume sensible.

— En Érigone.

— A merveille. La coiffure de pampre vous ira à merveille.

— Vous croyez ? fit Arsène en minau-
dant. Mais je crois que la peau de pan-
thère ne m'enlaidira pas non plus.

Et elle frappa sur un timbre.

Une femme de chambre entra.

— Eucharis , dit Arsène, apportez le
thyrse, les pampres et la peau de tigre.

Puis, tirant les deux ou trois épingles
qui soutenaient sa coiffure, et secouant
la tête, Arsène s'enveloppa d'un flot de
cheveux noirs qui tomba en cascades
sur son épaule, rebondit sur ses hanches et s'épandit, épais et onduleux, jus-
que sur le tapis.

Hoffmann jeta un cri d'admiration.

— Heim! qu'y a-t-il? demanda Arsène.

— Il y a, s'écria Hoffmann, il y a que
je n'ai jamais vu pareils cheveux.

— Aussi veut-*il* que j'en tire parti,
c'est pour cela que *nous* avons choisi le
costume d'Erigone, qui me permet de
poser les cheveux épars.

Cette fois le *il* et le *nous* avaient frappé le cœur d'Hoffmann de deux coups
au lieu d'un.

Pendant ce temps, mademoiselle Eucharis avait apporté les raisins, le thyrse et la peau de tigre.

— Est-ce tout ce dont nous avons besoin ? demanda Arsène.

— Oui, oui, je crois, balbutia Hoff-
manh.

— C'est bien, laissez-nous seuls, et
ne rentrez que si je vous sonne.

Mademoiselle Eucharis sortit et referma la porte derrière elle.

— Maintenant, citoyen, dit Arsène,
aidez-moi un peu à poser cette coiffure ;
cela vous regarde. Je me fie beaucoup,
pour m'embellir, à la fantaisie du peintre.

— Et vous avez raison ! s'écria Hoff-

mann ; mon Dieu ! mon Dieu ! que vous
allez être belle !

Et saisissant la branche de pampre, il
la tordit autour de la tête d'Arsène avec
cet art du peintre qui donne à chaque
chose une valeur et un reflet ; puis il
prit, tout frissonnant d'abord, et du bout
des doigts, ces longs cheveux parfumés,
en fit jouer le mobile ébène , parmi les
grains de topaze, parmi les feuilles d'é-
meraude et de rubis de la vigne d'au-
tomne ; et, — comme il l'avait promis,
— sous sa main, — main de poète, de
peintre et d'amant, la danseuse s'em-
bellit de telle façon, qu'en se regardant

dans la glace, elle jeta un cri de joie et
d'orgueil.

—Oh ! vous avez raison, dit Arsène,
oui, je suis belle, bien belle. — Maintenant, continuons.

— Quoi ? que continuons-nous ? demanda Hoffmann.

— Eh bien ! mais ma toilette de bacchante ?

Hoffmann commençait à comprendre.

— Mon Dieu ! murmura-t-il , mon
Dieu !

Arsène détacha en souriant son man-

teau de pourpre, qui demeura retenu
par une seule épingle, à laquelle elle
essaya vainement d'atteindre.

— Mais aidez-moi donc! dit-elle avec
impatience, ou faut-il que je rappelle
Eucharis?

— Non, non! s'écria Hoffmann. Et
s'élançant vers Arsène, il enleva l'épingle rebelle : le manteau tomba au pied
de la belle Grecque.

— Là, dit le jeune homme en respi-
rant.

— Oh! dit Arsène, croyez-vous donc
que cette peau de tigre fasse bien sur
cette longue robe de mousseline? moi

Je ne crois pas : d'ailleurs il veut une vraie bacchante, non pas comme on les voit au théâtre, mais comme elles sont dans les tableaux des Carrache et de l'Albane.

— Mais, dans les tableaux des Carrache et de l'Albane, s'écria Hoffmann, les bacchantes sont nues.

— Eh bien ! *il me veut ainsi*, à part la peau de tigre que vous draperez comme vous voudrez, cela vous regarde.

Et, en disant ces mots, elle avait dénoué le ruban de sa taille et ouvert l'agrafe de son col, de sorte que la robe glissait le long de son beau corps, qu'elle laissait nu, au fur et à mesure qu'elle descendait des épaules aux pieds.

— Oh ! dit Hoffmann, tombant à genoux, ce n'est pas une mortelle, c'est une déesse.

Arsène poussa du pied le manteau et la robe.

Puis, prenant la peau de tigre :

— Voyons, dit-elle, que faisons-nous de cela ? Mais aidez-moi donc, citoyen peintre, je n'ai pas l'habitude de m'habiller seule.

La naïve danseuse appelait cela s'habiller.

Hoffmann approcha chancelant, ivre,
ébloui, prit la peau de tigre, agrafa ses
ongles d'or sur l'épaule de la bacchante,
la fit asseoir ou plutôt coucher sur le lit
de cachemire rouge, où elle eût semblé
une statue de marbre de Paros si sa res-
piration n'eût soulevé son sein, si le
sourire n'eût entr'ouvert ses lèvres.

— Suis-je bien ainsi? demanda-t-elle
en arrondissant son bras au-dessus de
sa tête et en prenant une grappe de raisin qu'elle parut presser sur ses lèvres.

— Oh! oui, belle, belle, belle, murmura Hoffmann.

Et l'amant, l'emportant sur le peintre,

il tomba à genoux, et, d'un mouvement rapide comme la pensée, il prit la main d'Arsène et la couvrit de baisers.

Arsène retira sa main avec plus d'étonnement que de colère.

— Eh bien! que faites-vous donc? demanda-t-elle au jeune homme.

La demande avait été faite d'un ton si calme et si froid, qu'Hoffman se renversa en arrière, en appuyant les deux mains sur son front.

— Rien, rien, balbutia-t-il ; pardonnez-moi, je deviens fou.

— Oui, en effet, dit-elle.

—Voyons, s'écria Hoffmann , pourquoi m'avez-vous fait venir ? dites ,
dites !

— Mais pour que vous fassiez mon
portrait, pas pour autre chose.

—Oh ! c'est bien, dit Hoffmann , oui ,
vous avez raison ; pour faire votre portrait , pas pour autre chose.

Et imprimant une profonde secousse
à sa volonté , Hoffmann posa sa toile
sur le chevalet, prit sa palette, ses pinceaux , et commença d'esquisser l'éni-
vrant tableau qu'il avait sous les yeux.

Mais l'artiste avait trop présumé de
ses forces : lorsqu'il vit le voluptueux

modèle posant, non seulement dans son
ardente réalité, mais encore reproduit
par les mille glaces du boudoir ; quand
au lieu d'une Erigone, il se trouva au
milieu de dix bacchantes ; lorsqu'il vit
chaque miroir répéter ce sourire éni-
vrant, reproduire les ondulations de
cette poitrine que l'ongle d'or de la pan-
thère ne couvrait qu'à moitié, il sentit
qu'on demandait de lui au-delà des
forces humaines, et jetant palette et pinceaux, il s'élança vers la belle bacchante,
et appuya sur son épaule un baiser, où
il y avait autant de rage que d'amour.

Mais au même instant, la porte s'ouvrit, et la nymphe Eucharis se précipita dans le boudoir en criant :

—Lui ! lui ! lui !

Au même instant, avant qu'il eût eu le temps de se reconnaître, Hoffmann, poussé par les deux femmes, se trouva lancé hors du boudoir, dont la porte se referma derrière lui, et cette fois, véritablement fou d'amour, de rage et de jalousie, il traversa le salon tout chancelant, glissa le long de la rampe plutôt qu'il ne descendit l'escalier, et, sans savoir comment il était arrivé là, il se trouva dans la rue, ayant laissé dans le boudoir d'Arsène ses pinceaux, sa boîte

à couleurs et sa palette, ce qui n'était
rien, mais aussi son chapeau, ce qui pouvait être beaucoup.

VII

Le Tentateur.

.

Ce qui rendait la situation d'Hoffmann plus terrible encore, en ce qu'elle ajoutait l'humiliation à la douleur, c'est qu'il n'avait pas, la chose était évidente pour lui, été appelé chez Arsène comme un homme qu'elle avait remarqué à l'orchestre de l'Opéra, mais purement et

simplement comme un peintre, comme
une machine à portrait, comme un miroir qui réfléchit les corps qu'on lui présente. De là cette insouciance d'Arsène
à laisser tomber l'un après l'autre, tous
ses vêtements devant lui ; de là cet étonnement quand il lui avait baisé la main ;
de là cette colère quand, au milieu de
l'âcre baiser dont il lui avait rougi l'é-
paule, il lui avait dit qu'il l'aimait.

Et, en effet, n'était-ce pas folie à lui,
simple étudiant allemand, venu à Paris
avec trois ou quatre cents thalers, c'est-
à-dire avec une somme insuffisante à
payer le tapis de son antichambre, n'é-

tait-ce pas une folie à lui d'aspirer à la
danseuse à la mode, à la fille entretenue
par le prodigue et voluptueux Danton !
Cette femme, ce n'était point le son des
paroles qui la touchait, c'était le son de
l'or ; son amant, ce n'était pas celui qui
l'aimait le plus, c'était celui qui la payait
davantage. Qu'Hoffmann ait plus d'argent que Danton, et ce serait Danton
que l'on mettrait à la porte lorsque
Hoffmann arriverait.

En attendant, ce qu'il y avait de plus
clair, c'est que celui qu'on avait mis à
la porte, ce n'était pas Danton, mais
Hoffmann.

Hoffmann reprit le chemin de sa petite chambre, plus humble et plus at-
tristé qu'il ne l'avait jamais été. Tant
qu'il ne s'était pas trouvé en face d'Arsène, il avait espéré; mais ce qu'il venait de voir, cette insouciance vis-à-vis
de lui comme homme, ce luxe au milieu
duquel il avait trouvé la belle danseuse, et
qui était non-seulement sa vie physique,
mais sa vie morale, tout cela, à moins
d'une somme folle, inouïe, qui tombât
entre les mains d'Hoffmann, c'est-à-dire
à moins d'un miracle, rendait impossible au jeune homme, même l'espérance
de la possession.

Aussi rentra-t-il accablé; le singulier

sentiment qu'il éprouvait pour Arsène,
sentiment tout physique, tout attractif,
et dans lequel le cœur n'était pour rien,
s'était traduit jusque-là par les désirs,
par l'irritation, par la fièvre.

A cette heure, désirs, irritation et fièvre s'étaient changés en profond acca-
blement.

Un seul espoir restait à Hoffmann,
c'était de retrouver le docteur noir et
de lui demander avis sur ce qu'il devait
faire, quoiqu'il y eût dans cet homme
quelque chose d'étrange, de fantastique,
de surhumain, qui lui fit croire qu'aussitôt qu'il le côtoyait, il sortait de la vie

réelle pour entrer dans une espèce de rêve où ne le suivaient ni sa volonté, ni son libre arbitre, et où il devenait le jouet d'un monde qui existait pour lui sans exister pour les autres.

Aussi, à l'heure accoutumée, retourna-t-il le lendemain à son estaminet de la rue de la Monnaie; mais il eut beau s'envelopper d'un nuage de fumée, nul visage ressemblant à celui du docteur n'apparut au milieu de cette fumée; mais il eut beau fermer les yeux, nul, lorsqu'il les rouvrit, n'était assis sur le tabouret qu'il avait placé de l'autre côté de la table.

Huit jours s'écoulèrent ainsi.

Le huitième jour, Hoffmann, impatient, quitta l'estaminet de la rue de la Monnaie, une heure plus tôt que de coutume, c'est-à-dire vers quatre heures de l'après-midi, et par Saint-Germain-l'Auxerrois et le Louvre, gagna machinalement la rue Saint-Honoré.

A peine y fut-il, qu'il s'aperçut qu'un grand mouvement se faisait du côté du cimetière des Innocents, et allait s'approchant vers la place du Palais-Royal. Il se rappela ce qui lui était arrivé le lendemain du jour de son entrée à Paris et reconnut le même bruit, la

même rumeur qui l'avait déja frappé
lors de l'exécution de madame Du
Barry. En effet, c'étaient les charrettes
de la Conciergerie, qui, chargées de
condamnés, se rendaient à la place de
la Révolution.

On sait l'horreur qu'Hoffmann avait
pour ce spectacle; aussi comme les charrettes avançaient rapidement, s'élança-
t-il dans un café placé au coin de la rue
de la Loi, tournant le dos à la rue, fer-
mant les yeux et se bouchant les oreilles,
car les cris de madame Du Barry reten-
tissaient encore au fond de son cœur,
puis, quand il supposa que les char-

relles étaient passées, il se retourna et vit, à son grand étonnement, descendant d'une chaise où il était monté pour mieux voir, son ami Zacharias Werner.

— Werner! s'écria Hoffmann en s'élançant vers le jeune homme, Werner!

— Tiens, c'est toi, fit le poète, ou étais-tu donc?

— La, là, mais les mains sur mes oreilles pour ne pas entendre les cris de ces malheureux, mais les yeux fermés pour ne pas les voir.

— En vérité, cher ami, tu as eu tort, dit Werner, tu es peintre! Et ce que tu eusses vu t'eût fourni le sujet d'un mer-

veilleux tableau. Il y avait dans la troisième charrette, vois-tu, il y avait une
femme, une merveille, un cou, des épaules et des cheveux, coupés par derrière
c'est vrai, mais de chaque côté tombant
jusqu'à terre.

— Écoute, dit Hoffmann, j'ai vu sous
ce rapport tout ce que l'on peut voir de
mieux; j'ai vu madame Du Barry, et je
n'ai pas besoin d'en voir d'autre. Si jamais je veux faire un tableau, crois-moi,
cet original-là me suffira; d'ailleurs, je
ne veux plus faire de tableaux.

— Et pourquoi cela? demanda Werner.

— J'ai pris la peinture en horreur.

— Encore quelque désappointement.

— Mon cher Werner, si je reste à Paris, je deviendrai fou.

— Tu deviendras fou partout où tu seras, mon cher Hoffmann ; ainsi autant vaut à Paris qu'ailleurs ; en attendant, dis-moi quelle chose te rend fou.

— Oh! mon cher Werner, je suis amoureux.

— D'Antonia, je sais cela, tu me l'as dit.

— Non; Antonia, fit Hoffmann en tressaillant, Antonia, c'est autre chose, je l'aime !

— Diable! la distinction est subtile, conte-moi cela. Citoyen officieux, de la bière et des verres!

Les deux jeunes gens bourrèrent leurs pipes, et s'assirent aux deux côtés de la table la plus enfoncée dans l'angle du café.

Là Hoffmann raconta à Werner tout ce qui lui était arrivé depuis le jour où il avait été a l'Opéra et où il avait vu danser Arsène, jusqu'au moment où il avait été poussé par les deux femmes hors du boudoir.

— Eh bien! fit Werner, quand Hoffmann eut fini :

— Eh bien! répéta celui-ci, tout étonné que son ami ne fût pas aussi abattu que lui.

— Je demande, reprit Werner, ce qu'il y a de désespérant dans tout cela.

— Il y a, mon cher, que maintenant que je sais qu'on ne peut avoir cette femme qu'à prix d'argent, il y a que j'ai perdu tout espoir.

— Et pourquoi as-tu perdu tout espoir?

— Parce que je n'aurai jamais cinq cents louis à jeter à ses pieds.

— Et pourquoi ne les aurais-tu pas?

je les ai bien eus, moi, cinq cents louis,
mille louis, deux mille louis.

— Et où veux-tu que je les prenne,
bon Dieu! s'écria Hoffmann.

— Mais dans l'Eldorado dont je t'ai
parlé, à la source du Pactole, mon
cher, au jeu.

— Au jeu! fit Hoffmann en tressaillant. Mais tu sais bien que j'ai juré à
Antonia de ne pas jouer.

— Bah! dit Werner en riant, tu avais
bien juré de lui être fidèle.

Hoffmann poussa un long soupir, et
pressa le médaillon contre son cœur.

—Au jeu, mon ami! continua Werner.
Ah ! voilà une banque ! Ce n'est pas comme celle de Manheim ou de Hombourg,
qui menace de sauter pour quelques pauvres mille livres. Un million ! mon ami,
un million! des meules d'or ! C'est là que
s'est réfugié, je crois, tout le numéraire
de la France : pas de ces mauvais papiers, pas de ces pauvres assignats dé-
monétisés, qui perdent les trois-quarts
de leur valeur.... de beaux louis, de
beaux doubles louis, de beaux qua-
druples! Tiens, en veux-tu voir?

Et Werner tira de sa poche une poignée de louis qu'il montra à Hoffmann,

et dont les rayons rejaillirent à travers le miroir de ses yeux jusqu'au fond de son cerveau.

— Oh non! non! jamais! s'écria Hoffmann, se rappelant à la fois la prédiction du vieil officier et la prière d'Antonia, jamais je ne jouerai!

— Tu as tort; avec le bonheur que tu as au jeu tu ferais sauter la banque.

— Et Antonia! Antonia!

— Bah! mon cher ami, qui le lui dira, à Antonia, que tu as joué, que tu as gagné un million; qui le lui dira, qu'avec vingt-cinq mille livres, tu t'es

passé la fantaisie de ta belle danseuse ?
Crois-moi, retourne à Manheim, avec
neuf cent soixante-quinze mille livres,
et Antonia ne te demandera ni où tu as
eu tes quarante-huit mille cinq cents
livres de rentes, ni ce que tu as fait
des vingt-cinq mille livres manquant.

Et en disant ces mots Werner se leva.

— Où vas-tu ? lui demanda Hoffmann.

— Je vais voir une maîtresse à moi,
une dame de la Comédie-Française qui
m'honore de ses bontés, et que je gra-
tifie de la moitié de mes bénéfices. Dam,
je suis poète, moi, je m'adresse à un

théâtre littéraire ; tu es musicien, toi,
tu fais ton choix dans un théâtre chan-
tant et dansant. Bonne chance au jeu,
cher ami, tous mes compliments à mademoiselle Arsène. N'oublie pas le numéro de la banque, c'est le 113. Adieu.

— Oh ! murmura Hoffmann, tu me
l'avais dit, et je ne l'avais pas oublié.

Et il laissa s'éloigner son ami Werner, sans plus songer à lui demander
son adresse qu'il ne l'avait fait la première fois qu'il l'avait rencontré.

Mais, malgré l'éloignement de Werner, Hoffman ne resta point seul. Cha-

que parole de son ami s'était faite pour ainsi dire visible et palpable : elle était là brillante à ses yeux, murmurante à ses oreilles.

En effet, où Hoffmann pouvait-il aller puiser de l'or, si ce n'était à la source de l'or ! La seule réussite possible à un désir impossible, n'était-elle pas trouvée ? Eh ! mon Dieu ! Werner l'avait dit, Hoffmann n'était-il pas déjà infidèle à une partie de son serment? qu'importait donc qu'il le devînt à l'autre ?

Puis, Werner l'avait dit, ce n'était pas vingt-cinq mille livres, cinquante mille livres, cent mille livres, qu'il

pouvait gagner. Les horizons matériels
des champs, des bois, de la mer elle-
même, ont une limite, l'horizon du tapis vert n'en a pas. Le démon du jeu
est comme Satan, il a le pouvoir d'em-
porter le joueur sur la plus haute montagne de la terre, et de lui montrer de
là tous les royaumes du monde.

Puis, quel bonheur, quelle joie, quel
orgueil, quand Hoffmann rentrerait chez
Arsène, dans ce même boudoir dont on
l'avait chassé! de quel suprème dédain
il écraserait cette femme et son terrible
amant, quand, pour toute réponse à
ces mots: que venez-vous faire ici? il

laisserait, nouveau Jupiter, tomber une
pluie d'or sur la nouvelle Danaé!

Et tout cela, ce n'était plus une hallucination de son esprit, un rêve de son
imagination, tout cela, c'était la réalité,
c'était le possible. Les chances étaient
égales pour le gain comme pour la perte;
plus grandes pour le gain; car, on le
sait, Hoffmann était heureux au jeu.

Oh! ce numéro 115! ce numéro 115!
avec son chiffre ardent, comme il appelait Hoffmann, comme il le guidait,
phare infernal, vers cet abîme au fond
duquel hurle le vertige en se roulant sur
une couche d'or!

Hoffmann lutta pendant plus d'une heure contre la plus ardente de toutes les passions. Puis, au bout d'une heure, sentant qu'il lui était impossible de résister plus longtemps, il jeta une pièce de quinze sous sur la table, en faisant don à l'officieux de la différence, et tout courant, sans s'arrêter, gagna le quai aux Fleurs, monta dans sa chambre, prit les trois cents thalers qui lui restaient, et, sans se donner le temps de réfléchir, sauta dans une voiture en criant :

— Au palais Égalité !

VIII

le n° 113.

Le Palais-Royal, qu'on appelait à cette époque le Palais-Égalité, et qu'on nomme aujourd'hui le Palais-National, car, chez nous, la première chose que font les révolutionnaires, c'est de changer les noms des rues et des places, quitte à les leur rendre aux restaurations, le

Palais-Royal, disons-nous, c'est sous ce nom qu'il nous est le plus familier, n'était pas à cette époque ce qu'il est aujourd'hui ; mais, comme pittoresque, comme étrangeté même, il n'y perdait rien, surtout le soir, surtout à l'heure où Hoffmann y arrivait.

Sa disposition différait peu de celle que nous voyons maintenant, à cette exception que ce qui s'appelle aujourd'hui la galerie d'Orléans, était occupé par une double galerie de charpente, galerie qui devait faire place plus tard à un promenoir de six rangs de colonnes doriques ; qu'au lieu de tilleuls,

il y avait des marronniers dans le jar.
din, et que là où est le bassin, se trouvait un Cirque, vaste édifice tapissé de
treillages, bordé de carreaux, et dont
le comble était couronné d'arbustes et
de fleurs.

N'allez pas croire que ce Cirque fût
ce qu'est le spectacle auquel nous avons
donné ce nom. Non, les acrobates et les
faiseurs de tours qui s'escrimaient dans
celui du Palais-Égalité, étaient d'un autre genre que cet acrobate anglais,
M. Price, qui, quelques années auparavant, avait tant émerveillé la France, et
qui a enfanté les Mazurier et les Auriol.

Le Cirque était occupé dans ce temps-
là par les *Amis de la vérité* qui y don-
naient des représentations et que l'on
pouvait voir fonctionner pourvu qu'on
fût abonné au journal *la Bouche de fer*.
Avec son numéro du matin, on était
admis le soir dans ce lieu de délices,
et l'on entendait les discours de tous
les fédérés, réunis, disaient-ils, dans le
louable but de protéger les gouvernants
et les gouvernés, d'*impartialiser* les lois
et d'aller chercher dans tous les coins
du monde un ami de la vérité, de quelque pays, de quelque couleur, de quelqu'opinion qu'il fût, puis, la vérité dé-

couverte, on l'enseignerait aux hommes.

Comme vous le voyez, il y a toujours eu en France des gens convaincus que c'était à eux qu'il appartenait d'éclairer les masses et que le reste de l'humanité n'était qu'une peuplade absurde.

Qu'a fait le vent qui a passé, du nom, des idées et des vanités de ces gens-là?

Cependant le Cirque faisait son bruit dans le Palais-Égalité au milieu du bruit général et mêlait sa partie criarde au grand concert qui s'éveillait chaque soir dans ce jardin.

Car, il faut le dire, en ces temps de

misère, d'exil, de terreurs et de pros-
criptions, le Palais-Royal était devenu
le centre où la vie, comprimée tout le
jour dans les passions et dans les luttes,
venait, la nuit, chercher le rêve et s'ef-
forcer d'oublier cette vérité à la recher-
che de laquelle s'étaient mis les membres du Cercle-Social et les actionnai-
res du Cirque. Tandis que tous les quar-
tiers de Paris étaient sombres et dé-
serts, tandis que les sinistres patrouilles,
faites des geôliers du jour et des bourreaux du lendemain, rôdaient comme
des bêtes fauves, cherchant une proie
quelconque, tandis qu'autour du foyer,
privé d'un ami ou d'un parent mort ou

émigré, ceux qui étaient restés chucho-
taient tristement leurs craintes ou léurs
douleurs, le Palais-Royal rayonnait, lui,
comme le dieu du mal, il allumait ses
cent quatre-vingts arcades, il étalait
ses bijoux aux vitraux des joailliers, il
jetait enfin au milieu des carmagnoles
populaires et à travers la misère géné-
rale ses filles perdues, ruisselantes de
diamants, couvertes de blanc et de rouge,
vêtues juste ce qu'il fallait pour l'être,
de velours ou de soie, et promenant
sous les arbres et dans les galeries leur
splendide impudeur. Il y avait dans ce
luxe de la prostitution une dernière iro-
nie contre le passé, une dernière insulte

faite à la monarchie. Exhiber ces créa-
tures avec ces costumes royaux, c'était
jeter la boue, après le sang, au visage
de cette charmante cour de femmes si
luxueuses, dont Marie-Antoinette avait
été la reine et que l'ouragan révolutionnaire avait emportées de Trianon à la
place de la guillotine, comme un homme
ivre qui s'en irait traînant dans la boue
la robe blanche de sa fiancée.

Le luxe était abandonné aux filles les
plus viles ; la vertu devait marcher couverte de haillons.

C'était là une des vérités trouvées par
le Cercle-Social.

Et cependant, ce peuple, qui venait
de donner au monde une impulsion si
violente, ce peuple parisien, chez lequel, malheureusement, le raisonne-
ment ne vient qu'après l'enthousiasme,
ce qui fait qu'il n'a jamais assez de sang-
froid que pour se souvenir des sottises
qu'il a faites, le peuple, disons-nous,
pauvre, dévêtu, ne se rendait pas par-
faitement compte de la philosophie de
cette antithèse, et ce n'était pas avec
mépris, mais avec envie, qu'il coudoyait
ces reines de bouge, ces hideuses ma-
jestés du vice. Puis, quand les sens ani-
més par ce qu'il voyait, quand, l'œil en
feu, il voulait porter la main sur ces

corps qui appartenaient à tout le monde,
on lui demandait de l'or, et, s'il n'en
avait pas, on le repoussait ignominieuse-
ment. Ainsi se heurtait partout ce grand
principe d'égalité proclamé par la hache,
écrit avec le sang, et sur lequel avaient
le droit de cracher en riant ces prosti-
tuées du Palais-Royal.

Dans des jours comme ceux-là, la
surexcitation morale était arrivée à un
tel degré, qu'il fallait à la réalité ces
étranges oppositions. Ce n'était plus sur
le volcan, c'était dans le volcan même
que l'on dansait, et les poumons habi-
tués à un air de soufre et de lave, ne

se fussent plus contentés des tièdes parfums d'autrefois.

Ainsi le Palais-Royal se dressait tous les soirs, éclairant tout avec sa couronne de feu. Entremetteur de pierre, il hurlait au-dessus de la grande cité morne :

— Voici la nuit, venez! J'ai tout en moi, la fortune et l'amour, le jeu et les femmes ! Je vends de tout, même le suicide et l'assassinat. Vous qui n'avez pas mangé depuis hier, vous qui souffrez, vous qui pleurez, venez chez moi ; vous verrez comme nous sommes riches; vous verrez comme nous rions. Avez-

vous une conscience ou une fille à vendre? venez! vous aurez de l'or plein les
yeux, des obscénités plein les oreilles;
vous marcherez à pleins pieds dans le
vice, dans la corruption et dans l'oubli.
Venez ici ce soir, vous serez peut-être
morts demain.

C'était là la grande raison. Il fallait
vivre comme on mourait, vite.

Et l'on venait.

Au milieu de tout cela, le lieu le plus
fréquenté était naturellement celui où
se tenait le jeu. C'était là qu'on trouvait
de quoi avoir le reste.

De tous ces ardents soupiraux, c'était
donc le n° 113 qui jetait le plus de lumière avec sa lanterne rouge, œil immense de ce cyclope ivre qu'on appelait
le Palais-Égalité.

Si l'enfer a un numéro, ce doit être le
n° 113.

Oh ! tout y était prévu.

Au rez-de-chaussée, il y avait un res-
taurant ; au premier étage, il y avait le
jeu : la poitrine du bâtiment renfermait
le cœur, c'était tout naturel ; au second,
il y avait de quoi dépenser la force que
le corps avait prise au rez-de-chaussée

l'argent que la poche avait gagné au-
dessus.

Tout était prévu, nous le répétons,
pour que l'argent ne sortît pas de la
maison.

Et c'était vers cette maison que courait Hoffmann, le poétique amant d'Antonia.

Le 445 était où il est aujourd'hui, à
quelques boutiques de la maison Cor-
celet.

A peine Hoffmann eût-il sauté à bas
de sa voiture et mis le pied dans la galerie du Palais, qu'il fut accosté par les

divinités du lieu, grâce a son costume
d'étranger qui, en ce temps comme de
nos jours, inspirait plus de confiance
que le costume national.

Un pays n'est jamais tant méprisé que
par lui-même.

— Où est le n° 115? demanda Hoffmann à la fille qui lui avait pris le
bras.

— Ah! c'est là que tu vas, fit l'Aspasie
avec dédain! eh bien, mon petit, c'est
là où est cette lanterne rouge. Mais tâche
de garder deux louis et souviens-toi du
115.

Hoffmann se plongea dans l'allée indiquée comme Curtius dans le gouffre, et une minute après il était dans le salon du jeu.

Il s'y faisait le même bruit que dans une vente publique.

Il est vrai qu'on y vendait beaucoup de choses.

Les salons rayonnaient de dorures, de lustres, de fleurs et de femmes plus belles, plus somptueuses, plus décolletées que celles d'en bas.

Le bruit qui dominait tous les autres était le bruit de l'or. C'était là le battement de ce cœur immonde.

Hoffmann laissa à sa droite la salle où l'on taillait le trente-et-quarante, et passa dans le salon de la roulette.

Autour d'une grande table verte étaient rangés les joueurs, tous gens réunis pour le même but et dont pas un n'avait la même physionomie.

Il y en avait de jeunes, il y en avait de vieux, il y en avait dont les coudes s'étaient usés sur cette table. Parmi ces hommes il y en avait qui avaient perdu leur père la veille, ou le matin ou le soir même, et dont toutes les pensées étaient tendues vers la bille qui tournait.

Chez le joueur, un seul sentiment continue à vivre, c'est le désir, et ce sentiment se nourrit et s'augmente au détri-
ment de tous les autres. M. de Bassom-
pierre à qui l'on venait dire, au moment où il commençait à danser avec
Marie de Médicis : Votre mère est morte,
et qui répondait : Ma mère ne sera morte
que quand j'aurai dansé, M. de Bassom-
pierre était un fils pieux à côté d'un
joueur. Un joueur en état de jeu, à qui
l'on viendrait dire pareille chose, ne
répondrait même pas le mot du marquis : d'abord parce que ce serait du
temps perdu, et ensuite parce qu'un
joueur, s'il n'a jamais de cœur, n'a ja-

mais non plus d'esprit, quand il joue.

Quand il ne joue pas, c'est la même chose, il pense à jouer.

Le joueur a toutes les vertus de son vice. Il est sobre, il est patient, il est infatigable. Un joueur qui pourrait tout-à-coup détourner au profit d'une passion honnête, d'un grand sentiment, l'énergie incroyable qu'il met au service du jeu, deviendrait instantanément un des plus grands hommes du monde. Jamais César, Annibal ou Napoléon n'ont eu, au milieu même de l'exécution de leurs plus grandes choses, une force égale à la force du joueur le plus obs-

eur. L'ambition, l'amour, les sens, le
cœur, l'esprit, l'ouïe, l'odorat, le toucher, tous les ressorts vitaux de l'homme enfin, se réunissent sur un seul mot
et sur un seul but : Jouer. Et n'allez pas
croire que le joueur joue pour gagner;
il commence par là d'abord, mais il finit par jouer pour jouer, pour voir des
cartes, pour manipuler de l'or, pour
éprouver ces émotions étranges qui n'ont
leur comparaison dans aucune des autres passions de la vie, qui font que,
devant le gain ou la perte, ces deux
pôles de l'un à l'autre desquels le joueur
va avec la rapidité du vent, dont l'un
brûle comme le feu, dont l'autre gèle

comme la glace, qui font, disons-nous,
que son cœur bondit dans sa poitrine
sous le désir ou la réalité, comme un
cheval sous l'éperon, absorbe comme
une éponge toutes les facultés de l'âme,
les comprime, les retient, et, le coup
joué, les rejette brusquement autour de
lui pour les ressaisir avec plus de force.

Ce qui fait la passion du jeu plus forte
que toutes les autres, c'est que, ne pou-
vant jamais être assouvie, elle ne peut
jamais être lassée. C'est une maîtresse
qui se promet toujours et qui ne se
donne jamais. Elle tue, mais elle ne fatigue pas.

La passion du jeu, c'est l'hystérie de l'homme.

Pour le joueur tout est mort, famille, amis, patrie. Son horizon, c'est la carte et la bille. Sa patrie, c'est la chaise où il s'assied : c'est le tapis vert où il s'appuie. Qu'on le condamne au gril comme saint Laurent, et qu'on l'y laisse jouer, je parie qu'il ne sent pas le feu et qu'il ne se retourne même pas.

Le joueur est silencieux. La parole ne peut lui servir à rien. Il joue, il gagne, il perd ; ce n'est plus un homme, c'est une machine. Pourquoi parlerait-il ?

Le bruit qui se faisait dans les salons

ne provenait donc pas des joueurs, mais des croupiers qui ramassaient l'or et qui criaient d'une voix nasillarde :

— Faites vos jeux.

En ce moment, Hoffmann n'était plus un observateur, la passion le dominait trop, sans quoi il eût eu là une série d'études curieuses à faire.

Il se glissa rapidement au milieu des joueurs et arriva à la lisière du tapis. Il se trouva là entre un homme debout, vêtu d'une carmagnole, et un vieillard assis et faisant des calculs avec un crayon sur du papier.

Ce vieillard, qui avait usé sa vie à

chercher une martingale, usait ses der-
niers jours à la mettre en œuvre et ses
dernières pièces à la voir échouer. La
martingale est introuvable comme l'âme.

Entre les têtes de tous ces hommes,
assis et debout, apparaissaient des têtes
de femmes qui s'appuyaient sur leurs
épaules, qui pataugeaient dans leur or,
et qui, avec une habileté sans pareille
et ne jouant pas, trouvaient moyen de
gagner sur le gain des uns et sur la
perte des autres.

A voir ces gobelets pleins d'or et ces
pyramides d'argent, on eût eu bien de
la peine à croire que la misère publi-

que était si grande, et que l'or coûtait si cher.

L'homme en carmagnole jeta un paquet de papiers sur un numéro.

— Cinquante livres, dit-il pour annoncer son jeu.

— Qu'est-ce que c'est que cela? demanda le croupier en amenant ces papiers avec son râteau, et en les prenant avec le bout des doigts.

— Ce sont des assignats, répondit l'homme.

— Vous n'avez pas d'autre argent que celui-là? fit le croupier.

— Non, citoyen.

— Alors vous pouvez faire place à un autre.

— Pourquoi?

— Parce que nous ne prenons pas ça.

— C'est la monnaie du gouvernement.

— Tant mieux pour le gouvernement s'il s'en sert! nous, nous n'en voulons pas.

— Ah! bien! dit l'homme en reprenant ses assignats, en voilà un drôle

d'argent, on ne peut même pas le perdre.

Et il s'éloigna en tortillant ses assignats dans ses mains.

— Faites vos jeux ! cria le croupier.

Hoffmann était joueur, nous le savons;
mais, cette fois, ce n'était pas pour le
jeu, c'était pour l'argent qu'il venait.

La fievre qui le brûlait faisait bouillir
son âme dans son corps, comme de l'eau
dans un vase.

— Cent thalers au 26, cria-t-il.

Le croupier examina la monnaie alle-

mande comme il avait éxaminé les assignats.

— Allez changer, dit-il à Hoffmann ;
nous ne prenons que l'argent français.

Hoffmann descendit comme un fou,
entra chez un changeur qui se trouvait
justement être un Allemand, et changea
ses trois cents thalers contre de l'or,
c'est-à-dire contre quarante louis envi-
ron.

La roulette avait tourné trois fois pendant ce temps.

— Quinze louis au 26 ! cria-t-il en se
précipitant vers la table, et en s'en te-
nant, avec cette incroyable superstition

des joueurs, au numéro qu'il avait d'abord choisi par hasard, et parce que c'était celui sur lequel l'homme aux assignats avait voulu jouer.

— Rien ne va plus? cria le croupier.

La bille tourna.

Le voisin d'Hoffmann ramassa deux poignées d'or et les jeta dans son chapeau qu'il tenait entre ses jambes, mais le croupier râtissa les quinze louis d'Hoffmann et bien d'autres.

C'était le numéro 16 qui avait passé.

Hoffmann sentit une sueur froide lui couvrir le front comme un filet aux mailles d'acier.

— Quinze louis au 26 ! répéta-t-il.

D'autres voix dirent d'autres numéros, et la bille tourna encore une fois.

Cette fois, tout était à la banque. La bille avait roulé dans le zéro.

— Dix louis au 26 ! murmura Hoffmann d'une voix étranglée, puis, se reprenant, il dit :

— Non, neuf seulement ; et il ressaisit une pièce d'or pour se laisser un dernier coup à jouer, une dernière espérance à avoir.

Ce fut le 30 qui sortit.

L'or se retira du tapis, comme la ma-
rée sauvage pendant le reflux.

Hoffmann, dont le cœur haletait, et
qui, à travers les battements de son cerveau, entrevoyait la tête railleuse d'Ar-
sene et le visage triste d'Antonia. Hoffmann, disons-nous, posa d'une main
crispée son dernier louis sur le 26.

Le jeu fut fait en une minute.

— Rien ne va plus? cria le croupier.

Hoffmann suivit d'un œil ardent la
bille qui tournait comme si c'eût été sa
propre vie qui eût tourné devant lui.

Tout-à-coup il se rejeta en arrière, cachant sa tête dans ses deux mains.

Non-seulement il avait perdu, mais il n'avait plus un denier ni sur lui, ni chez lui.

Une femme qui était là et qu'on eût pu avoir pour vingt francs, une minute auparavant, poussa un cri de joie sauvage et ramassa une poignée d'or qu'elle venait de gagner.

Hoffmann eût donné dix ans de sa vie pour un des louis de cette femme.

Par un mouvement plus rapide que la

réflexion, il tâta et fouilla ses poches,
comme pour n'avoir aucun doute sur la
réalité.

Les poches étaient bien vides, mais il
sentit quelque chose de rond comme un
écu sur sa poitrine, et le saisit brusquement.

C'était le médaillon d'Antonia qu'il
avait oublié.

— Je suis sauvé! cria-t-il; et il jeta
le médaillon d'or comme enjeu sur le
numéro 26.

IX

Le médaillon.

Le croupier prit le médaillon d'or et l'examina :

— Monsieur, dit-il à Hoffmann, car au n° 145 on s'appelait encore Monsieur, Monsieur, allez vendre cela si vous voulez, et jouez-en l'argent ; mais, je vous le répète, nous ne prenons que l'or où l'argent monnayés.

Hoffmann saisit son médaillon, et, sans dire une syllabe, il quitta la salle de jeu.

Pendant le temps qu'il lui fallut pour descendre l'escalier, bien des pensées, bien des conseils, bien des pressentiments bourdonnaient autour de lui; mais il se fit sourd à toutes ces rumeurs vagues, et entra brusquement chez le changeur qui venait, un instant auparavant, de lui donner des louis pour ses thalers.

Le brave homme lisait, appuyé nonchalamment sur son large fauteuil de cuir, ses lunettes posées sur le bout de

son nez, éclairé par une lampe basse
aux rayons ternes, auxquels venait se
joindre le fauve reflet des pièces d'or
couchées dans leurs cuvettes de cuivre,
et encadré dans un fin treillage de fil de
fer, garni de petits rideaux de soie verte,
et orné d'une petite porte à hauteur de
la table, laquelle porte ne laissait passer
que la main.

Jamais Hoffmann n'avait tant admiré
l'or.

Il ouvrait des yeux émerveillés, comme s'il fût entré dans un rayon de soleil,
et cependant il venait de voir au jeu
plus d'or qu'il n'en voyait là ; mais ce

n'était pas le même or, philosophique-
ment parlant. Il y avait entre l'or bruyant,
rapide, agité du 113, et l'or tranquille,
grave, muet du changeur, la différence
qu'il y a entre les bavards creux et sans
esprit, et les penseurs pleins de médita-
tion. On ne peut rien faire de bon avec
l'or de la roulette ou des cartes, il n'appartient pas à celui qui le possède ; mais
celui qui le possède lui appartient. Venu
d'une source corrompue, il doit aller à
un but impur. Il a la vie en lui, mais la
mauvaise vie, et il a hâte de s'en aller
comme il est venu. Il ne conseille que le
vice et ne fait le bien, quand il le fait,
que malgré lui ; il inspire des désirs

quatre fois, vingt fois plus grands que
ce qu'il vaut, et, une fois possédé, il
semble qu'il diminue de valeur ; bref,
l'argent du jeu selon qu'on le gagne ou
qu'on l'envie, selon qu'on le perd ou
qu'on le ramasse, a une valeur toujours
fictive. Tantôt une poignée d'or ne re-
présente rien, tantôt une seule pièce
renferme la vie d'un homme ; tandis que
l'or commercial, l'or du changeur, l'or
comme celui que venait chercher Hoffmann chez son compatriote, vaut réellement le prix qu'il porte sur sa face ; il ne
sort de son nid de cuivre que contre une
valeur égale et même supérieure à la
sienne ; il ne se prostitue pas en passant,

comme une courtisane sans pudeur,
sans préférence, sans amour, de la main
de l'un à la main de l'autre; il a l'estime
de lui-même; une fois sorti de chez le
changeur, il peut se corrompre, il peut
fréquenter la mauvaise société, ce qu'il
faisait peut-être avant d'y venir, mais
tant qu'il y est, il est respectable et doit
être considéré. Il est l'image du besoin
et non du caprice. On l'acquiert, on ne
le gagne pas; il n'est pas jeté brusquement comme de simples jetons par la
main du croupier, il est méthodique-
ment compté pièce à pièce, lentement,
par le changeur, et avec tout le respect
qui lui est dû. Il est silencieux et c'est là

sa grande éloquence : aussi Hoffmann,
dans l'imagination duquel une comparaison de ce genre ne mettait qu'une minute à passer, se mit-il à trembler que
le changeur ne voulût jamais lui donner
de l'or si réel contre son médaillon. Il se
crut donc forcé, quoique ce fût une perte
de temps, de prendre des périphrases
et des circonlocutions pour en arriver à
ce qu'il voulait, d'autant plus que ce
n'était pas une affaire qu'il venait pro-
poser, mais un service qu'il venait demander à ce changeur.

— Monsieur, lui dit-il, c'est moi qui,
tout-à-l'heure, suis venu changer des
thalers pour de l'or.

— Oui, Monsieur, je vous reconnais,
fit le changeur.

— Vous êtes Allemand, Monsieur ?

— Je suis d'Heidelberg.

— C'est là que j'ai fait mes études.

— Quelle charmante ville !

— En effet.

Pendant ce temps, le sang d'Hoffmann
bouillait. Il lui semblait que chaque minute qu'il donnait à cette conversation
banale était une année de sa vie qu'il
perdait.

Il reprit donc en souriant :

— J'ai pensé qu'à titre de compatriote

vous voudriez bien me rendre un service.

— Lequel? demanda le changeur,
dont la figure se rembrunit à ce mot. Le
changeur n'est pas plus prêteur que la
fourmi.

— C'est de me prêter trois louis sur
ce médaillon d'or.

Et en même temps, Hoffmann passait
le médaillon au commerçant, qui, le
mettant dans une balance, le pesa.

— N'aimeriez-vous pas mieux le vendre? demanda le changeur.

— Oh! non, s'écria Hoffmann; non,

c'est déjà bien assez de l'engager : je
vous prierai même, Monsieur, si vous
me rendez ce service, de vouloir bien
me garder ce médaillon avec le plus
grand soin, car j'y tiens plus qu'à ma
vie, et je viendrai le reprendre dès demain : il faut une circonstance comme
celle où je me trouve pour que je l'en-
gage.

— Alors je vais vous prêter trois louis,
Monsieur.

Et le changeur, avec toute la gravité
qu'il croyait devoir à une pareille action,
prit trois louis et les aligna devant Hoffmann.

— Oh! merci, Monsieur, mille fois merci! s'écria le poëte; et, s'emparant des trois pièces d'or, il disparut.

Le changeur reprit silencieusement sa lecture, après avoir déposé le médaillon dans un coin de son tiroir.

Ce n'est pas à cet homme que fût venue l'idée d'aller risquer son or, contre l'or du 113.

Le joueur est si près d'être sacrilége, qu'Hoffmann en jetant sa première pièce d'or sur le n° 26, car il ne voulait les risquer qu'une à une, qu'Hoffmann, disons-nous, prononça le nom d'Antonia.

Tant que la bille tourna, Hoffmann

n'eut pas d'émotions , quelque chose lui disait qu'il allait gagner.

Le 26 sortit.

Hoffmann rayonnant ramassa trente-six louis.

La première chose qu'il fit fut d'en mettre trois à part dans le gousset de sa montre pour être sûr de pouvoir reprendre le médaillon de sa fiancée , au nom de laquelle il devait évidemment ce premier gain. Il laissa trente-trois louis sur le même numéro , et le même numéro sortit. C'était donc trente-six fois trente-trois louis qu'il gagnait, c'est-à-dire onze cent quatre-vingt-huit louis, c'est-à-dire plus de vingt-cinq mille francs.

Alors Hoffmann, puisant à pleines mains dans le Pactole solide, et le prenant par poignées, joua au hasard, à travers un éblouissement sans fin. A chaque coup qu'il jouait, le monceau de son gain grossissait, semblable à une montagne sortant tout à coup de l'eau.

Il en avait dans ses poches, dans son habit, dans son gilet, dans son chapeau, dans ses mains, sur la table, partout enfin. L'or coulait devant lui de la main des croupiers comme le sang d'une large blessure. Il était devenu le Jupiter de toutes les Danaées présentes et le caissier de tous les joueurs malheureux.

Il perdit bien ainsi une vingtaine de mille francs.

Enfin, ramassant tout l'or qu'il avait devant lui, quand il crut en avoir assez, il s'enfuit, laissant, pleins d'admiration et d'envie tous ceux qui se trouvaient là, et courut dans la direction de la maison d'Arsène.

Il était une heure du matin ; mais peu lui importait.

Venant avec une pareille somme, il lui semblait qu'il pouvait venir à toute

heure de la nuit, et qu'il serait toujours
le bien-venu.

Il se faisait une joie de couvrir de tout
cet or ce beau corps qui s'était dévoilé
devant lui, et qui, resté de marbre devant son amour, s'animerait devant sa
richesse, comme la statue de Prométhée
quand il eut trouvé son âme véritable.

Il allait entrer chez Arsène, vider ses
poches jusqu'à sa dernière pièce, et lui
dire : maintenant aimez-moi ; puis le
lendemain il repartirait, pour échapper,
si cela était possible, au souvenir de ce
rêve fiévreux et intense.

Il frappa à la porte d'Arsène comme un maître qui rentre chez lui.

La porte s'ouvrit.

Hoffmann courut vers le perron de l'escalier.

— Qui est là? cria la voix du portier.

Hoffmann ne répondit pas.

— Où allez-vous, citoyen? répéta la même voix, et une ombre vêtue, comme les ombres le sont la nuit, sortit de la loge et courut après Hoffmann.

En ce temps on aimait fort à savoir qui sortait et surtout qui entrait.

— Je vais chez mademoiselle Arsène,

répondit Hoffmann en jetant au portier
trois ou quatre louis pour lesquels une
heure plus tôt il eût donné son âme.

Cette façon de s'exprimer plut à l'officieux.

— Mademoiselle Arsène n'est plus ici,
Monsieur, répondit-il, pensant avec raison qu'on devait substituer le mot Monsieur au mot citoyen quand on avait affaire à un homme qui avait la main si
facile. Un homme qui demande peut
dire : citoyen : mais un homme qui re-
çoit ne peut dire que : Monsieur.

— Comment ! s'écria Hoffmann, Arsène n'est plus ici ?

— Non, Monsieur.

— Vous voulez dire qu'elle n'est pas rentrée ce soir.

— Je veux dire qu'elle ne rentrera plus.

— Où est-elle, alors?

— Je n'en sais rien.

— Mon Dieu ! mon Dieu ! fit Hoffmann, et il prit sa tête dans ses deux mains comme pour contenir sa raison près de lui échapper. Tout ce qui lui arrivait depuis quelque temps était si étrange, qu'à chaque instant il disait : allons, voilà le moment où je vais devenir fou !

— Vous ne savez donc pas la nouvelle ? reprit le portier.

— Quelle nouvelle ?

— M. Danton a été arrêté.

— Quand ?

— Hier. C'est M. Robespierre qui a fait cela. Quel grand homme que le citoyen Robespierre !

— Eh bien ?

— Eh bien ! mademoiselle Arsène a été forcée de se sauver ; car, comme maîtresse de Danton, elle aurait pu être compromise dans toute cette affaire.

— C'est juste. Mais comment s'est-elle sauvée ?

—Comme on se sauve quand on a peur d'avoir le cou coupé, tout droit devant soi.

— Merci, mon ami, merci, fit Hoffmann, et il disparut après avoir encore laissé quelques pièces dans la main du portier.

Quand il fut dans la rue, Hoffmann se demanda ce qu'il allait devenir, et à quoi allait maintenant lui servir tout son or; car, comme on le pense bien, l'idée qu'il pourrait retrouver Arsène ne lui vint pas à l'esprit, pas plus que l'idée de rentrer chez lui et de prendre du repos

Il se mit donc, lui aussi, a marcher

tout droit devant lui, faisant résonner le pavé des rues mornes sous le talon de ses bottes et marchant tout éveillé dans son rêve douloureux.

La nuit était froide, les arbres étaient décharnés et tremblaient au vent de la nuit comme des malades en délire qui ont quitté leur lit et dont la fièvre agite les membres amaigris.

Le givre fouettait le visage des promeneurs nocturnes, et à peine si, de temps en temps, dans les maisons qui confondaient leur masse avec le ciel sombre, une fenêtre éclairée trouait l'ombre.

.Cependant cet air froid lui faisait du
bien. Son âme se dépensait peu à peu
dans cette course rapide, et, si l'on peut
s'exprimer ainsi, son effervescence morale se volatilisait. Dans une chambre il
eût étouffé, puis, à force d'aller en
avant, il rencontrerait peut-être Arsène ;
qui sait ? en se sauvant elle avait peut-
être pris le même chemin que lui en sortant de chez elle.

Il longea ainsi le boulevard désert,
traversa la rue Royale, comme si, au
défaut de ses yeux qui ne regardaient
pas, ses pieds eussent reconnu d'eux-
mêmes le lieu où il était ; il leva la tête,

et il s'arrêta en s'apercevant qu'il marchait droit vers la place de la Révolution, vers cette place où il avait juré de ne jamais revenir.

Tout sombre qu'était le ciel, une silhouette plus sombre encore se détachait sur l'horizon noir comme de l'encre c'était la silhouette de la hideuse machine, dont le vent de la nuit séchait la bouche humide de sang, et qui dormait en attendant sa file quotidienne.

C'était pendant le jour qu'Hoffmann ne voulait plus revoir cette place; c'était à cause du sang qui y coulait, qu'il ne voulait plus s'y trouver; mais, la nuit,

ce n'était plus la même chose ; il y avait
pour le poète, chez qui, malgré tout,
l'instinct poétique veillait sans cesse, il
y avait de l'intérêt a voir, à toucher du
doigt, dans le silence et dans l'ombre,
le sinistre échafaudage dont l'image sanglante devait, à l'heure qu'il était, se
présenter à bien des esprits.

Quel plus beau contraste, en sortant
de la salle bruyante du jeu, que cette
place déserte, et dont l'échafaud était
l'hôte éternel ! Après le spectacle de la
mort, de l abandon, de l'insensibilité !

Hoffmann marchait donc vers la guil-

lotine comme attiré par une force ma-
gnétique.

Tout à coup, et presque sans savoir
comment cela s'était fait, il se trouva
face à face avec elle.

Le vent sifflait dans les planches.

Hoffmann croisa ses mains sur sa poitrine et regarda.

Que de choses durent naître dans l'esprit de cet homme, qui, les poches
pleines d'or, et comptant sur une nuit de
volupté, passait solitairement cette nuit
en face d'un échafaud !

Il lui sembla, au milieu de ses pensées,

qu'une plainte humaine se mêlait aux plaintes du vent.

Il pencha la tête en avant et prêta l'oreille.

La plainte se renouvela, venant non pas de loin, mais de bas.

Hoffmann regarda autour de lui, et ne vit personne.

Cependant un troisième gémissement arriva jusqu'à lui.

— On dirait une voix de femme, murmura-t-il, et l'on dirait que cette voix sort de dessous cet échafaud.

Alors se baissant, pour mieux voir, il

commença à faire le tour de la guillotine. Comme il passait devant le terrible
escalier, son pied heurta quelque chose ;
il étendit les mains et toucha un être accroupi sur les premières marches de cet
escalier et tout vêtu de noir.

— Qui êtes-vous, demanda Hoffmann,
vous qui dormez la nuit auprès d'un
échafaud?

Et en même temps il s'agenouillait
pour voir le visage de celle à qui il parlait.

Mais elle ne bougeait pas, et, les
coudes appuyés sur les genoux, elle reposait sa tête sur ses mains.

Malgré le froid de la nuit, elle avait les épaules presque entièrement nues, et Hoffmann put voir une ligne noire qui cerclait son cou blanc.

Cette ligne, c'était un collier de velours.

— Arsène! cria-t-il.

— Eh bien! oui, Arsène, murmura d'une voix étrange la femme accroupie, en relevant la tête et regardant Hoffmann.

X

Hoffmann recula épouvanté ; malgré
la voix, malgré le visage, il doutait encore. Mais, en relevant la tête, Arsène
laissa tomber ses mains sur ses genoux,
et dégageant son col, ses mains laissè-
rent voir l'étrange agrafe de diamants
qui réunissait les deux bouts du col-

lier de velours, et qui étincelait dans la nuit.

— Arsène, Arsène? répéta Hoffmann.

Arsène se leva.

—Que faites-vous ici, à cette heure? demanda le jeune homme. Comment! vêtue de cette robe grise! Comment! les épaules nues!

— Il a été arrêté hier, dit Arsène, on est venu pour m'arrêter moi-même, je me suis sauvée comme j'étais, et cette nuit, à onze heures, trouvant ma chambre trop petite et mon lit trop froid, j'en suis sortie, et suis venue ici.

Ces paroles étaient dites avec un singulier accent, sans gestes, sans in-
flexions; elles sortaient d'une bouche
pâlie qui s'ouvrait et se refermait comme
par un ressort : on eût dit d'un automate
qui parlait.

— Mais, s'écria Hoffmann, vous ne
pouvez rester ici.

— Ou irais-je? — Je ne veux rentrer
d'où je sors que le plus tard possible ;
j'ai eu trop froid.

— Alors venez avec moi, s'écria Hoffmann.

— Avec vous! fit Arsène.

Et il sembla au jeune homme que de

cet œil morne tombait sur lui, à la lueur
des étoiles, un regard dédaigneux, pareil à celui dont il avait déjà été écrasé
dans le charmant boudoir de la rue de
Hanovre.

— Je suis riche, j'ai de l'or, s'écria
Hoffmann.

L'œil de la danseuse jeta un éclair.

— Allons, dit-elle, mais où?

— Où!

En effet, *où* Hoffmann allait-il conduire
cette femme de luxe et de sensualité, qui,
une fois sortie des palais magiques et
des jardins enchantés de l'Opéra, était
habituée à fouler les tapis de Perse et à

se rouler dans les cachemires de l'Inde.

Certes, ce n'était pas dans sa petite chambre d'étudiant qu'il pouvait la conduire ; elle eût été là aussi à l'étroit et aussi froidement que dans cette demeure inconnue dont elle parlait tout-à-l'heure, et où elle paraissait craindre si fort de rentrer.

— Où, en effet? demanda Hoffmann, je ne connais point Paris.

— Je vais vous conduire, dit Arsène.

— Oh! oui, oui, s'écria Hoffmann.

— Suivez-moi, dit la jeune femme.

Et de cette même démarche raide et

automatique qui n'avait rien de com-
mun avec cette souplesse ravissante
qu'Hoffmann avait admirée dans la danseuse, elle se mit à marcher devant
lui.

Il ne vint pas l'idée au jeune homme
de lui offrir le bras ; il la suivit.

Arsène prit la rue Royale, que l'on
appelait à cette époque la rue de la Révolution, tourna à droite, dans la rue
Saint-Honoré, que l'on appelait la
rue Honoré tout court ; et, s'arrêtant devant la façade d'un magnifique hôtel,
elle frappa.

La porte s'ouvrit aussitôt.

Le concierge regarda avec étonnement Arsène.

— Parlez, dit-elle au jeune homme, ou ils ne me laisseront pas entrer, et je serai obligée de retourner m'asseoir au pied de la guillotine.

— Mon ami, dit vivement Hoffmann en passant entre la jeune femme et le concierge, comme je traversais les Champs-Elysées, j'ai entendu crier au secours; je suis accouru à temps pour empêcher Madame d'être assassinée, mais trop tard pour l'empêcher d'être dépouillée. Donnez-moi vite votre meilleure chambre; faites-y allumer un grand

feu, servir un bon souper. Voici un louis
pour vous.

Et il jeta un louis d'or sur la table où
était posée la lampe, dont tous les rayons
semblèrent se concentrer sur la face
étincelante de Louis XV.

Un louis était une grosse somme à
cette époque, il représentait 925 francs
en assignats.

Le concierge ôta son bonnet crasseux
et sonna. Un garçon accourut à cette sonnette du concierge.

— Vite! vite! une chambre! la plus
belle de l'hôtel pour Monsieur et Madame.

— Pour Monsieur et Madame ? reprit
le garçon étonné, en portant alternative-
ment son regard du costume plus que
simple d'Hoffmann au costume plus que
léger d'Arsène.

— Oui, dit Hoffmann, la meileure, la
plus belle ; surtout qu'elle soit bien
chauffée et bien éclairée : voici un louis
pour vous.

Le garçon parut subir la même in-
fluence que le concierge, se courba devant le louis, et, montrant un grand escalier, à moitié éclairé seulement à cause
de l'heure avancée de la nuit, mais sur
les marches duquel, par un luxe bien

extraordinaire à cette époque, était étendu un tapis.

— Montez, dit-il, et attendez à la porte du numéro 5.

Puis il disparut tout courant.

A la première marche de l'escalier Arsène s'arrêta.

Elle semblait, la légère sylphide, éprouver une difficulté invincible à lever le pied.

On eût dit que sa légère chaussure de satin avait des semelles de plomb.

Hoffmann lui offrit le bras.

Arsène appuya sa main sur le bras que

lui présentait le jeune homme , et quoiqu'il ne sentît pas la pression du poi-
gnet de la danseuse, il sentit le froid qui
se communiquait de ce corps au sien.

Puis avec un effort violent Arsène
monta la première marche et successive-
ment les autres ; mais chaque degré lui
arrachait un soupir.

— Oh ! pauvre femme, murmura Hoffmann, comme vous avez dû souffrir !

— Oui , oui , répondit Arsène , beaucoup... J'ai beaucoup souffert.

Ils arrivèrent à la porte du n. 3.

Mais, presque aussitôt qu'eux, arriva
le garçon porteur d'un véritable brasier .

il ouvrit la porte de la chambre, et en un instant la cheminée s'enflamma et les bougies s'allumèrent.

— Vous devez avoir faim? demanda Hoffmann.

— Je ne sais pas, répondit Arsène.

— Le meilleur souper que l'on pourra nous donner, garçon, dit Hoffmann.

— Monsieur, fit observer le garçon, on ne dit plus garçon, mais officieux. Après cela, Monsieur paie si bien, qu'il peut dire comme il voudra.

Puis, enchanté de la facétie, il sortit en disant :

— Dans cinq minutes le souper!

La porte refermée derrière l'officieux, Hoffmann jeta avidement les yeux sur Arsène.

Elle était si pressée de se rapprocher du feu, qu'elle n'avait pas pris le temps de tirer un fauteuil près de la cheminée ; elle s'était seulement accroupie au coin de l'âtre dans la même position où Hoffmann l'avait trouvée devant la guillotine, et là, les coudes sur ses genoux, elle semblait occupée à maintenir de ses deux mains sa tête droite sur ses épaules.

— Arsène! Arsène! dit le jeune

homme, je t'ai dit que j'étais riche,
n'est-ce pas? Regarde, et tu verras que
je ne t'ai pas menti.

Hoffmann commença par retourner
son chapeau au-dessus de la table ; le
chapeau était plein de louis et de doubles louis, et ils ruisselèrent du chapeau
sur le marbre, avec ce bruit de l'or si re-
marquable et si facile à distinguer entre
tous les bruits.

Puis, après le chapeau, il vida ses poches, et l'une après l'autre ses poches
dégorgèrent l'immense butin qu'il venait de faire au jeu.

Un monceau d'or mobile et resplen-
dissant s'entassa sur la table.

A ce bruit, Arsène sembla se ranimer;
elle tourna la tête, et la vue parut ache-
ver la résurrection commencée par
l'ouïe.

Elle se leva, toujours raide et immobile, — mais sa lèvre pâle souriait, —
mais ses yeux vitreux, s'éclaircissant,
lançaient des rayons qui se croisaient
avec ceux de l'or.

— Oh! dit-elle, — C'est à toi tout
cela?

— Non, pas à moi, mais à toi, Arsène.

— A moi ! fit la danseuse.

Et elle plongea dans le monceau de métal ses mains pâles.

Les bras de la jeune fille disparurent jusqu'au coude.

Alors cette femme, dont l'or avait été la vie, sembla reprendre la vie au contact de l'or.

— A moi ! disait-elle, à moi ! et elle prononçait ces paroles avec un accent vibrant et métallique qui se mariait d'une incroyable façon avec le cliquetis des louis.

Deux garçons entrèrent, portant une table toute servie, qu'ils faillirent laisser

tomber en apercevant cet amas de ri-
chesses que pétrissaient les mains cris-
pées de la jeune fille.

— C'est bien, dit Hoffmann, du vin de
Champagne, et laissez-nous.

Les garçons apportèrent plusieurs
bouteilles de vin de Champagne et se re-
tirèrent.

Derrière eux, Hoffmann alla pousser
la porte, qu'il ferma au verrou.

Puis, les yeux ardents de désirs, il revint vers Arsène, qu'il retrouva près de
la table continuant de puiser la vie, non
pas à cette fontaine de Jouvence, mais à
cette source du Pactole.

— Eh bien? lui demanda-t-il.

— C'est beau, l'or! dit-elle, il y avait longtemps que je n'en avais touché.

— Allons! viens souper, fit Hoffmann, et puis après, tout à ton aise, Danaé, tu te baigneras dans l'or si tu veux.

Et il l'entraîna vers la table.

— J'ai froid! dit-elle.

Hoffmann regarda autour de lui : les fenêtres et le lit étaient tendus en damas rouge : il arracha un rideau de la fenêtre, et le donna à Arsène.

Arsène s'enveloppa dans le rideau, qui sembla se draper de lui-même comme

les plis d'un manteau antique, et sous
cette draperie rouge, sa tête pâle redou-
bla de caractère

Hoffmann avait presque peur.

Il se mit à table, se versa et but deux
ou trois verres de vin de Champagne
coup sur coup. Alors il lui sembla qu'une
légère coloration montait aux yeux d'Arsène.

Il lui versa à son tour, et à son tour
elle but.

Puis il voulut la faire manger ; mais
elle refusa. Et comme Hoffmann in-
sistait :

— Je ne pourrais avaler, dit-elle.

— Buvons, alors.

Elle tendit son verre.

— Oui, buvons.

Hoffmann avait à la fois faim et soif ; il but et mangea.

Il but surtout ; il sentait qu'il avait besoin de hardiesse ; non pas qu'Arsène, comme chez elle, parût disposée à lui résister, soit par la force, soit par le dédain, mais parce que quelque chose de glacé émanait du corps de la belle convive.

A mesure qu'il buvait, à ses yeux du moins, Arsène s'animait ; seulement,

quand à son tour Arsène vidait son verre,
quelques gouttes rosées roulaient de la
partie inférieure du collier de velours
sur la poitrine de la danseuse. Hoffmann
regardait sans comprendre, puis, sentant quelque chose de terrible et de mys-
térieux là-dessous, il combattait ses fris-
sons intérieurs en multipliant les toasts
qu'il portait aux beaux yeux, à la belle
bouche, aux belles mains de la danseuse.

Elle lui faisait raison, buvant autant
que lui, et paraissant s'animer, non pas
du vin qu'elle buvait, mais du vin que
buvait Hoffmann.

Tout à coup un tison roula du feu.

Hoffmann suivit des yeux la direction du brandon de flamme, qui ne s'arrêta qu'en rencontrant le pied nu d'Arsène.

Sans doute pour se réchauffer, Arsène avait tiré ses bas et ôté ses souliers ; son petit pied, blanc comme le marbre, était posé sur le marbre de l'âtre, blanc aussi comme le pied avec lequel il semblait ne faire qu'un.

Hoffmann jeta un cri.

— Arsène, Arsène ! dit-il, prenez garde !

— A quoi ? demanda la danseuse.

— Ce tison... ce tison qui touche votre pied...

Et, en effet, il couvrait à moitié le pied d'Arsène.

— Otez-le, dit-elle tranquillement.

Hoffmann se baissa, enleva le tison et s'aperçut avec effroi que ce n'était pas la braise qui avait brûlé le pied de la jeune fille, — mais le pied de la jeune fille qui avait éteint la braise.

— Buvons! dit-il.

— Buvons! dit Arsène.

Et elle tendit son verre.

La seconde bouteille fut vidée.

Cependant, Hoffmann sentait que l'ivresse du vin ne lui suffisait pas.

Il aperçut un piano.

— Bon!... s'écria-t-il. Il avait compris la ressource que lui offrait l'ivresse de la musique.

Il s'élança vers le piano.

Puis sous ses doigts naquit tout naturellement l'air sur lequel Arsène dansait ce pas de trois dans l'opéra de *Paris*, lorsqu'il l'avait vue pour la première fois.

Seulement, il semblait à Hoffman que les cordes du piano étaient d'acier. L'instrument à lui seul rendait un bruit pareil à celui de tout un orchestre.

— Ah! fit Hoffman, à la bonne heure !

Il venait de trouver dans ce bruit l'enivrement qu'il cherchait ; de son côté, Arsène se leva aux premiers accords.

Ces accords, comme un réseau de feu, avaient semblé envelopper toute sa personne.

Elle rejeta loin d'elle le rideau de damas rouge, et chose étrange, comme un changement magique s'opère au théâtre sans que l'on sache par quel moyen, un changement s'était opéré en elle, et au lieu de sa robe grise, au lieu de ses épaules veuves d'ornements, elle reparut avec le costume de Flore, tout ruisselant de fleurs, tout vaporeux de gaze, tout frissonnant de volupté.

Hoffmann jeta un cri, puis, redoublant d'énergie, il sembla faire jaillir une vigueur infernale de cette poitrine du clavecin, toute résonnante sous ses fibres d'acier.

Alors le même mirage revint troubler l'esprit d'Hoffmann. Cette femme bondissante, qui s'était animée par degrés, opérait sur lui avec une attraction irrésistible. Elle avait pris pour théâtre tout l'espace qui séparait le piano de l'alcove,

et, sur le fond rouge du rideau, elle se
détachait comme une apparition de l'enfer. Chaque fois qu'elle revenait du fond
vers Hoffmann, Hoffmann se soulevait
sur sa chaise ; chaque fois qu'elle s'éloi-
gnait vers le fond, Hoffmann se sentait
entraîné sur ses pas. Enfin, sans qu'Hoffmann comprît comment la chose se faisait, le mouvement changea sous ses
doigts ; ce ne fut plus l'air qu'il avait entendu qu'il joua, ce fut une valse ; cette
valse, c'était *le Désir*, de Beethoven ; elle
était venue, comme une expression de sa
pensée, se placer sous ses doigts. De son
côté, Arsène avait changé de mesure ;
elle tourna sur elle-même d'abord, puis,

peu à peu, élargissant le rond qu'elle
traçait, elle se rapprocha d'Hoffmann ;
Hoffmann, haletant, la sentait venir, la
sentait se rapprocher ; il comprenait
qu'au dernier cercle elle allait le toucher,
et qu'alors force lui serait de se lever à
son tour et de prendre part à cette valse
brûlante. C'était à la fois chez lui du désir et de l'effroi. Enfin Arsène, en passant, étendit la main, et du bout des
doigts l'effleura. Hoffmann poussa un
cri, bondit comme si l'étincelle électrique l'eût touché ; s'élança sur la trace de
la danseuse, la joignit, l'enlaça dans ses
bras, continuant dans sa pensée l'air in-
terrompu en réalité, pressant contre son

cœur ce corps qui avait repris son élas-
ticité, aspirant les regards de ses yeux,
le souffle de sa bouche, dévorant de ses
aspirations à lui ce cou, ces épaules, ces
bras, tournant non plus dans un air res-
pirable, mais dans une atmosphère de
flamme qui, pénétrant jusqu'au fond
de la poitrine des deux valseurs, finit
par les jeter, haletants et dans l'éva-
nouissement du délire, sur le lit qui les
attendait.

Quand Hoffmann se réveilla le lendemain, un de ces jours blafards des hi-
vers de Paris venait de se lever et péné-
trait jusqu'au lit, par le rideau arraché

de la fenêtre. Il regarda autour de lui,
ignorant où il était, et sentit qu'une
masse inerte pesait à son bras gauche.
Il se pencha du côté où l'engourdisse-
ment gagnait son cœur, et reconnut, couchée près de lui, non plus la belle danseuse de l'Opéra, mais la pâle jeune fille
de la place de la révolution.

Alors il se rappela tout, tira de dessous
ce corps raidi son bras glacé, et voyant
que ce corps demeurait immobile, il saisit un candélabre, où brûlaient encore
cinq bougies, et à la double lueur du jour
et des bougies, il s'aperçut qu'Arsène était
sans mouvement, pâle et les yeux fermés.

Sa première idée fut que la fatigue avait été plus forte que l'amour, que le désir, que la volonté, et que la jeune fille s'était évanouie. Il prit sa main . sa main était glacée ; il chercha les battements de son cœur, son cœur ne battait plus.

Alors une idée horrible lui traversa l'esprit ; il se pendit au cordon d'une sonnette, qui se rompit entre ses mains, puis s'élançant vers la porte, il l'ouvrit, et se précipita par les degrés en criant :

— A l'aide ! au secours !

Un petit homme noir montait justement à la même minute l'escalier que descendait Hoffmann. Il leva la tête,

Hoffmann jeta un cri, il venait de reconnaître le médecin de l'Opéra.

— Ah! c'est vous, mon cher Monsieur, dit le docteur en reconnaissant
Hoffmann à son tour : qu'y a-t-il donc et
pourquoi tout ce bruit?

— Oh! venez, venez, dit Hoffmann,
ne prenant pas la peine d'expliquer au
médecin ce qu'il attendait de lui et es-
pérant que la vue d'Arsène inanimée fe-
rait plus sur le docteur que toutes ses
paroles. — Venez!

Et il l'entraîna dans la chambre.

Puis, le poussant vers le lit, tandis que
de l'autre il saisissait le candélabre

qu'il approchait du visage d'Arsène :

— Tenez, dit-il, voyez !

Mais loin que le médecin parût ef-
frayé :

— Ah ! c'est bien à vous, jeune homme,
dit-il, c'est bien à vous d'avoir racheté
ce corps afin qu'il ne pourrît pas dans
la fosse commune... Très bien ! jeune
homme, très bien !

— Ce corps... murmura Hoffmann,
racheté... la fosse commune... que dites-
vous donc là ? mon Dieu !

— Je dis que notre pauvre Arsène, ar-
rêtée hier à huit heures du matin, a été
jugée hier à deux heures de l'après-midi,

et a été exécutée hier à quatre heures du soir.

Hoffmann crut qu'il allait devenir fou ; il saisit le docteur à la gorge.

— Exécutée hier à quatre heures ! cria-t-il en étranglant lui-même, Arsène exécutée !

Et il éclata de rire, mais d'un rire si étrange, si strident, si en dehors de toutes les modulations du rire humain, que le docteur fixa sur lui des yeux presque effarés.

— En doutez-vous ? demanda-t-il ?

— Comment ! s'écria Hoffmann, si j'en doute. Je le crois bien. J'ai soupé, j'ai valsé, j'ai couché cette nuit avec elle.

— Alors, c'est un cas étrange, et que je consignerai dans les annales de la médecine, dit le docteur, et vous signerez au procès-verbal, n'est-ce pas !

— Mais je ne puis signer, puisque je vous démens, puisque je dis que cela est impossible, puisque je dis que cela n'est pas !

—Ah ! vous dites que cela n'est pas, reprit le docteur ; vous dites cela à moi, le médecin des prisons ; à moi qui ai fait tout ce que j'ai pu pour la sauver, et qui n'ai pu y parvenir ; à moi, qui lui ai dit adieu au pied de la charrette. Vous dites que cela n'est pas! Attendez !

Alors le médecin étendit le bras, pressa le petit ressort en diamant qui servait d'agrafe au collier de velours, et tira le velours à lui.

Hoffmann poussa un cri terrible. Cessant d'être maintenue par le seul lien qui la rattachait aux épaules, la tête de la suppliciée roula du lit à terre et ne s'arrêta qu'au soulier d'Hoffmann, comme le tison ne s'était arrêté qu'au pied d'Arsène.

Le jeune homme fit un bond en arrière, et se précipita par les escaliers en hurlant.

— Je suis fou !

XI

Un hôtel de la rue Saint-Honoré (SUITE).

L'exclamation d'Hoffmann n'avait rien d'exagéré : cette faible cloison qui, chez le poète, exerçant outre mesure ses facultés cérébrales, cette faible cloison, disons-nous, qui, séparant l'imagination de la folie, semble parfois prête à se rompre, craquait dans sa

tête avec le bruit d'une muraille qui se
lézarde.

Mais, à cette époque, on ne courait
pas longtemps dans les rues de Paris
sans dire pourquoi l'on courait; les
Parisiens étaient devenus très curieux
en l'an de grâce 1793 ; et, toutes les
fois qu'un homme passait en courant,
on arrêtait cet homme pour savoir
après qui il courait ou qui courait
après lui.

On arrêta donc Hoffmann en face de
l'église de l'Assomption, dont on avait
fait un corps-de-garde, et on le conduisit
devant le chef du poste.

Là, Hoffmann comprit le danger réel qu'il courait : les uns le tenaient pour un aristocrate prenant sa course afin de gagner plus vite la frontière, les autres criaient : à l'agent de Pitt et Cobourg. Quelques-uns criaient : à la lanterne! ce qui n'était pas gai; d'autres criaient au tribunal révolutionnaire, ce qui était moins gai encore. On revenait quelquefois de la lanterne, témoin l'abbé Maury; du tribunal révolutionnaire, jamais.

Alors Hoffmann essaya d'expliquer ce qui lui était arrivé depuis la veille au soir. Il raconta le jeu, le gain. Com-

ment, de l'or plein ses poches, il
avait couru rue de Hanovre; comment
la femme qu'il cherchait n'y était plus,
comment, sous l'empire de la passion
qui le brûlait, il avait couru les rues de
Paris; comment, en passant sur la place de la Révolution, il avait trouvé
cette femme assise au pied de la guillotine; comment elle l'avait conduit
dans un hôtel de la rue Saint-Honoré,
et comment là, après une nuit pendant
laquelle tous les énivrements s'étaient
succédé, il avait trouvé non seulement,
reposant entre ses bras une femme
morte, mais encore une femme déca-
pitée.

Tout cela était bien improbable; aussi le récit d'Hoffmann obtint-il peu de croyance : les plus fanatiques de vérité crièrent au mensonge, les plus modérés crièrent à la folie.

Sur ces entrefaites, un des assistants ouvrit cet avis lumineux :

— Vous avez passé, dites-vous, la nuit dans un hôtel de la rue Saint-Honoré ?

— Oui.

— Vous y avez vidé vos poches pleines d'or sur une table ?

— Oui

— Vous y avez couché et soupé avec la femme dont la tête, roulant à vos pieds, vous a causé ce grand effroi dont vous étiez atteint quand nous vous avons arrêté ?

— Oui.

— Et bien ! cherchons l'hôtel, on ne trouvera peut être plus l'or, mais on trouvera la femme.

—Oui, cria tout le monde, cherchons, cherchons.

Hoffmann eût bien voulu ne pas chercher ; mais force lui fut d'obéir à l'immense volonté résumée autour de lui par ce mot *cherchons*.

Il sortit donc de l'église, et continua
de descendre la rue Saint-Honoré en
cherchant.

La distance n'était pas longue de l'é-
glise de l'Assomption à la rue Royale.
Et cependant Hoffmann eut beau chercher, négligemment d'abord, puis avec
plus d'attention, puis enfin avec volonté de trouver, il ne trouva rien, qui lui
rapelât l'hôtel où il était entré la veille, où il avait passé la nuit, d'où il
venait de sortir. Comme ces palais fée-
riques qui s'évanouissent quand le ma-
chiniste n'a plus besoin d'eux, l'hôtel
de la rue Saint-Honoré avait disparu

après que la scène infernale que nous avons essayé de décrire avait été jouée.

Tout cela ne faisait pas l'affaire des badauds qui avaient accompagné Hoffmann et qui voulaient absolument une solution quelconque à leur dérangement; or, cette solution ne pouvait être que la découverte du cadavre d'Arsène ou l'arrestation d'Hoffmann comme suspect.

Mais, comme on ne retrouvait pas le corps d'Arsène il était fortement question d'arrêter Hoffmann, quand tout-à-coup celui-ci aperçut dans la rue le petit homme noir et l'appela à son

secours, invoquant son témoignage sur
la vérité du récit qu'il venait de faire.

La voix d'un médecin a toujours une
grande autorité sur la foule. Celui-ci
déclina sa profession, et on le laissa
s'approcher d'Hoffmann.

—Ah! pauvre jeune homme, dit-il
en lui prenant la main, sous prétexte
de lui tâter le pouls, mais en réalité
pour lui conseiller, par une pression
particulière, de ne pas le démentir,
pauvre jeune homme, il s'est donc
échappé !

— Echappé d'où? échappé de quoi?
s'écrièrent vingt voix toutes ensemble.

— Oui, échappé d'où? demanda Hoffmann, qui ne voulait pas accepter la
voie de salut que lui offrait le docteur et qu'il regardait comme humi-
liante.

— Parbleu! dit le médecin, échappé
de l'hospice.

— De l'hospice! s'écrièrent les mêmes voix, et quel hospice?

— De l'hospice des fous.

— Ah! docteur, docteur, s'écria Hoffmann, pas de plaisanterie.

— Le pauvre diable! s'écria le docteur sans paraître écouter Hoffmann,

le pauvre diable aura perdu sur
l'échafaud quelque femme qu'il aimait.

— Oh! oui, oui. dit Hoffmann, je
l'aimais bien, mais pas comme Antonia
cependant.

— Pauvre garçon, dirent plusieurs
femmes qui se trouvaient là et qui
commençaient à plaindre Hoffmann.

— Oui, depuis ce temps, continua le
docteur, il est en proie à une hallucination terrible ; il croit jouer... il croit
gagner... Quand il a joué et qu'il a
gagné, il croit pouvoir posséder celle

qu'il aime ; puis avec son or, il court les
rues ; puis il rencontre une femme au
pied de la guillotine ; puis il l'emmène
dans quelque magnifique palais, dans
quelque splendide hôtellerie où il
passe la nuit à boire, à chanter, à faire
de la musique avec elle ; après quoi
il la trouve morte. N'est-ce pas cela
qu'il vous a raconté ?

— Oui, oui, cria la foule, — mot
pour mot.

— Eh bien ! eh bien ! dit Hoffmann, le
regard étincelant, direz-vous que ce n'est
pas vrai, vous, docteur ? — vous qui avez
ouvert l'agrafe de diamants qui fermait

le collier de velours. Oh! j'aurais dû me
douter de quelque chose, quand j'ai vu
le vin de Champagne suinter sous le
collier; quand j'ai vu le tison enflammé
rouler sur son pied nu; — et son pied
nu, son pied de morte, au lieu d'être
brûlé par le tison ; — l'éteindre.

— Vous voyez, vous voyez, dit le docteur avec des yeux pleins de pitié et
vec une voix lamentable, — voilà sa folie qui lui reprend.

— Comment, ma folie! s'écria Hoffman; comment, vous osez dire que ce
n'est pas vrai! Vous osez dire que je n'ai
pas passé la nuit avec Arsène, qui a été

guillotinée hier! Vous osez dire que son
collier de velours n'était pas la seule
chose qui maintint sa tête sur ses épaules! Vous osez dire que, lorsque vous
avez ouvert l'agrafe et enlevé le collier,
la tête n'a pas roulé sur le tapis! — Allons donc, docteur, allons donc, vous
savez bien que ce que je dis est vrai,
vous.

— Mes amis, dit le docteur, vous êtes
bien convaincus maintenant, n'est-ce
pas?

— Oui, oui, crièrent les cent voix de
la foule.

Ceux des assistants qui ne criaient pas, remuaient mélancoliquement la tête en signe d'adhésion.

—Eh bien! alors, dit le docteur, faites avancer un fiacre, afin que je le reconduise.

—Où cela? cria Hoffmann ; où voulez-vous me reconduire?

— Où? dit le docteur, à la maison des fous, dont vous vous êtes échappé, mon bon ami.

Puis, tout bas :

— Laissez-vous faire, morbleu! dit le docteur, ou je ne réponds pas de vous.

v.   **21**

Ces gens-là croiront que vous vous êtes moqué d'eux, et ils vous mettront en pièces.

Hoffmann poussa un soupir et laissa tomber ses bras.

— Tenez, vous voyez bien, dit le docteur, maintenant le voilà doux comme un agneau. La crise est passée..... là, mon ami, là...

Et le docteur parut calmer Hoffmann de la main, comme on calme un cheval emporté ou un chien rageur.

Pendant ce temps on avait arrêté un fiacre et on l'avait amené.

— Montez vite, dit le médecin à Hoffmann.

Hoffmann obéit; toutes ses forces s'é-
taient usées dans cette lutte.

— A Bicêtre! dit tout haut le docteur
en montant derrière Hoffmann.

Puis tout bas au jeune homme :

— Où voulez-vous qu'on vous descen-
de? demanda-t-il.

— Au Palais-Égalité, articula pénible-
ment Hoffmann.

— En route, cocher, cria le docteur.

Puis il salua la foule.

— Vive le docteur ! cria la foule.

Il faut toujours que la foule, lorsqu'elle est sous l'empire d'une passion, crie vive quelqu'un ou meure quelqu'un.

Au Palais-Égalité le docteur fit arrêter le fiacre.

— Adieu, jeune homme, dit le docteur à Hoffmann, et, si vous m'en croyez, partez pour l'Allemagne le plus vite possible ; il ne fait pas bon en France pour les hommes qui ont une imagination comme la vôtre.

Et il poussa hors du fiacre Hoffmann, qui, tout abasourdi encore de ce qui venait de lui arriver, s'en allait tout droit

sous une charrette qui faisait chemin en
sens inverse du fiacre, si un jeune homme qui passait ne se fût précipité et n'eût
retenu Hoffmann dans ses bras au moment où, de son côté, le charretier faisait un effort pour arrêter ses chevaux.

Le fiacre continua son chemin.

Les deux jeunes gens, celui qui avait
failli tomber et celui qui l'avait retenu,
poussèrent ensemble un seul et même
cri :

— Hoffmann !

— Werner !

Puis, voyant l'état d'atonie dans le-

quel se trouvait son ami, Werner l'entraîna dans le jardin du Palais-Royal.

Alors la pensée de tout ce qui s'était
passé revint plus vive au souvenir d'Hoffmann, et il se rappela le médaillon d'Antonia mis en gage chez le changeur allemand.

Aussitôt il poussa un cri en songeant
qu'il avait vidé toutes ses poches sur la
table de marbre de l'hôtel. Mais en
même temps il se souvint qu'il avait mis,
pour le dégager, trois louis à part dans
le gousset de sa montre.

Le gousset avait fidèlement gardé son
dépôt; les trois louis y étaient toujours.

Hoffmann s'échappa des bras de Werner en lui criant : Attends-moi ! et s'élança dans la direction de la boutique du changeur.

A chaque pas qu'il faisait, il lui semblait, sortant d'une vapeur épaisse, s'avancer à travers un nuage toujours s'éclaircissant, vers une atmosphère pure et resplendissante.

A la porte du changeur, il s'arrêta pour respirer ; l'ancienne vision, la vision de la nuit avait presque disparu.

Il reprit haleine un instant et entra.

Le changeur était à sa place, les sébilles en cuivre étaient à leur place.

Au bruit que fit Hoffmann en entrant, le changeur leva la tête.

—Ah ! ah ! dit-il, c'est vous, mon jeune compatriote ; ma foi , je vous l'avoue , je ne comptais pas vous revoir.

— Je présume que vous ne me dites pas cela parce que vous avez disposé du médaillon, s'écria Hoffmann.

— Non , je vous avais promis de vous le garder, et m'en eût-on donné vingt-cinq louis, au lieu de trois , que vous me devez, le médaillon ne serait pas sorti de ma boutique.

— Voici les trois louis, dit timidement Hoffmann ; mais je vous avoue que je n'ai rien à vous offrir pour les intérêts.

— Pour les intérêts d'une nuit, dit le changeur, allons donc, vous voulez rire ; les intérêts de trois louis pour une nuit, et à un compatriote ! jamais.

Et il lui rendit le médaillon.

— Merci, monsieur, dit Hoffmann ; et, maintenant, continua-t-il avec un soupir, je vais chercher de l'argent pour retourner à Manheim.

— A Manheim, dit le changeur, tiens, vous êtes de Manheim ?

— Non, monsieur, je ne suis pas de Manheim, mais j'habite Manheim : ma

fiancée est à Manheim ; elle m'attend ,
et je retourne à Manheim pour l'épouser.

— Ah ! fit le changeur.

Puis, comme le jeune homme avait
déjà la main sur le bouton de la porte :

— Connaissez-vous, dit le changeur, à
Manheim, un ancien ami à moi, un
vieux musicien?

— Nommé Gottlieb Murr ? s'écria Hoffmann.

— Justement, vous le connaissez?

— Si je le connais ! je le crois bien,

puisque c'est sa fille qui est ma fiancée.

— Antonia! s'écria à son tour le changeur.

— Oui, Antonia, répondit Hoffmann.

— Comment, jeune homme, c'était
pour épouser Antonia que vous retour-
niez à Manheim?

— Sans doute.

— Restez à Paris, alors, car vous fe-
riez un voyage inutile.

— Pourquoi cela?

— Parce que voilà une lettre de son père qui m'annonce qu'il y a huit jours, à trois heures de l'après-midi, Antonia est morte subitement en jouant de la harpe.

C'était juste le jour où Hoffmann était allé chez Arsène pour faire son portrait ; c'était juste l'heure où il avait pressé de ses lèvres son épaule nue.

Hoffmann, pâle, tremblant, anéanti, ouvrit le médaillon pour porter l'image d'Antonia à ses lèvres, mais l'ivoire en était redevenu aussi blanc et aussi pur que s'il était vierge encore du pinceau de l'artiste.

Il ne restait rien d'Antonia à Hoffmann, deux fois infidèle à son serment,
pas même l'image de celle à qui il avait
juré un amour éternel.

Deux heures après, Hoffmann, accompagné de Werner et du bon changeur,
montait dans la voiture de Manheim, où
il arriva juste pour accompagner au cimetière le corps de Gottlieb Murr, qui
avait recommandé en mourant qu'on
l'enterrât côte à côte de sa chère Antonia.

FIN.

·TABLE

—

Impr. de E. Dépée, Sceaux.

www.ingramcontent.com/pod-product-compliance
Lightning Source LLC
Chambersburg PA
CBHW050148030726
47505CB00005B/1288